Scrittori italiani e stranieri

Ferruccio Parazzoli

ADESSO VIENE LA NOTTE

MONDADORI

Dello stesso autore

Nella collezione Scrittori italiani
La camera alta

Nella collezione Scrittori italiani e stranieri
Nessuno muore
Per queste strade familiari e feroci (risorgerò)
Quanto so di Anna

Nella collezione Oscar
Vita di Gesù
MM Rossa
L'evacuazione
Piazza bella piazza

«Adesso viene la notte»
di Ferruccio Parazzoli
Collezione Scrittori italiani e stranieri

ISBN 978-88-04-57790-4

I edizione febbraio 2008

ADESSO VIENE LA NOTTE

Avvertenza dell'autore

È evidente che in *Adesso viene la notte* non vi è nulla di storico se non il riferimento a un periodo della storia italiana e ai suoi luttuosi avvenimenti. E neppure di questi è garantita l'autenticità né l'esatta successione cronologica, già più volte ricalcate in ricostruzioni cinematografiche e teatrali. Quanto ai personaggi del Papa, degli uomini politici ed ecclesiastici, e di altri noti e meno noti che vi compaiono con nomi reali e cariche pubbliche, sono semplicemente delle maschere così come compaiono nelle scene allegoriche dei carri carnevaleschi. Quanto a Dio e a Satana, ciascuno è libero di pensare ciò che vuole.

PARTE I

La Scommessa

Ottobre 1978. Terzo piano del palazzo pontificio nel cortile di San Damaso.

Paolo VI è morto. È morto anche Papa Luciani dopo soli trentatré giorni dall'elezione al Soglio pontificio.

Giovanni Paolo II ha dato disposizioni per la ripulitura generale degli appartamenti privati che si affacciano sul cortile di San Damaso, al terzo piano del palazzo pontificio. Papa Luciani non ha fatto in tempo a fare eliminare i segni ancora visibili, evidenti in maniera imbarazzante per il nuovo Papa polacco, di un'oscura lotta avvenuta in quei locali.

Una schiera di imbianchini, falegnami, arredatori è intenta a rimuovere armadi, letti, poltrone, divani, sostituire il mobilio, soprattutto le librerie con i libri preferiti da Papa Montini.

Ogni Papa è uso apportare modifiche, a seconda del proprio temperamento e delle necessità personali, agli appartamenti privati fatti allestire da Pio X nel tentativo di trovare una certa intimità, sentendosi smarrito tra il fasto delle stanze pontificie al secondo piano del palazzo. Pio X volle che l'appartamento avesse un carattere sobrio e modesto, che fu mantenuto sotto i successivi pontificati. Le più importanti modifiche si ebbero lungo il pontificato di Pio XII che fece ingrandire l'appartamento e tinteggiare le pareti facendone raschiare le tappezzerie di carta a fiorellini fatte incollare da Pio X.

«Raschia quel muro, dacci dentro che finirà per venir via. È solo fumo.»

«Più raschio più viene nero. Ci ha passato il fuoco la buon'anima di sua Santità su questo muro.»

«Pare il segno di una mano.»

«Sì, ma grande come il tuo culo.»

«Pulisciti la bocca, è un luogo santo.»

«Con la puzza dell'inferno. Annusa forte, che ti pare?»

«Anche i marmi del pavimento sono scheggiati. Come se qualcuno li avesse presi a mazzate.»

«E sotto il letto? Hai visto sotto il letto?»

«Chiudi la bocca, ti ho detto. Mai una parola di quello che abbiamo trovato in questa stanza. Ci hanno pagato bene per la promessa fatta, e guai a romperla. Il Vaticano ha le mani lunghe. Non c'è paese al mondo dove non possa raggiungerti e chiuderti la bocca.»

«Come a quell'ultimo che ha dormito in questo letto?»

«Sei pazzo? Fregnacce di popolino.»

«E chi dice niente? Dico solo che ha dormito in una stanza che è stata abitata. Sai che vuol dire? Spiriti, fantasmi. Qualcuno che ha lasciato questi segni. Può succederti di tutto se dormi in una stanza abitata.»

Entra un funzionario pontificio, si ferma sulla soglia, come avesse pudore o timore a entrare.

«A che punto siamo? Sono due settimane che sua Santità ha preso alloggio provvisorio nella Torre di San Giovanni, ma il torrione è troppo stretto, con una sola camera per piano, e le suore si lamentano perché è un'impresa fare salire le vivande dal pianterreno alla saletta da pranzo.»

«Lo vede anche lei in che stato è questa stanza.»

«Io non sono autorizzato a vedere niente. È affar vostro, siete voi gli operai.»

«Tre, quattro giorni ancora, una settimana forse. Bisogna cambiare i pavimenti e a forza di raschiare si fanno buchi nel muro, si dovrà stuccare, ridipingere, e poi il letto nuovo, e portar via tutti questi libri pieni di polvere come se qui dentro avesse soffiato il deserto, e poi, là sotto...»

«Basta. Non so niente, non devo sapere niente. Non spetta a me sapere niente. Avvertitemi quando sarà il momento per il trasloco di sua Santità. Ma che sia al più presto.»

Settembre 1971. Terrazze della residenza vaticana a Castel Gandolfo.

È il crepuscolo. Paolo VI guarda Roma mentre dialoga con il filosofo francese Jean Guitton, suo amico personale, con il quale ama conversare a lungo cercando risposte a quei temi che gli sono più intimi e che spesso agitano il suo spirito di sensibile intellettuale.

Il Papa, nonostante la stagione ancora estiva, indossa una veste ampia, forata soltanto alla testa, di colore bianco-crema, perfettamente abbottonata; i piccoli piedi dentro pantofole rosse, appuntite, ricamate in argento e oro; il colletto, rotondo e rigido, lascia appena uno spiraglio di libertà tra il collo e l'amido; la guancia lucida, appena ombreggiata.

Dai giardini sottostanti sale un intenso profumo di gelsomino. Il promontorio, sul quale si estendono i giardini, delimita due vedute: lo sguardo passa dalla campagna romana, che si distende lontano fino a confondersi con il mare, al lago di Albano, occhio inquietante di vulcano spento.

Il Papa parla sottovoce, quasi a non voler disturbare la pace della sera.

«Consideri la pace di questa sera di settembre in cui la liturgia celebra la Natività della Vergine. Il sole ha terminato il suo corso: guardi il sole attraverso la bruma della sera. Se va dall'altra parte vedrà il lago di Albano e forse il riflesso della luna nel lago. "Bella come la luna, pura come il sole" dice il *Cantico dei Cantici* parlando della sposa. Guardi alla destra: Ostia, le foci del Tevere, tra poco vedremo le prime luci, Marino, Rocca di Papa.»

Il vento della sera fa ondeggiare la veste del Papa. È quasi notte.

«Guardi laggiù, quella lunga linea rossastra. È Roma.»

Nello sguardo del Papa passa un'ombra.

Sussurra due parole, come se non parlasse a colui che gli sta accanto, ma a una presenza invisibile: «L'amore e il tremore».

Il filosofo è sconcertato: «Cosa intende dire, Santità? Forse quella disperazione che insinua nei cuori il pensiero di non essere amati da Dio?».

«Il cuore dell'uomo stenta a credere all'amore di Dio per noi. Nella coscienza del cristiano coesistono il timore e la certezza. Quella macchia laggiù, che rosseggiava al tramonto, riempie a volte il mio animo di un'indicibile angoscia. Eppure sappiamo con certezza che il Male, qualunque sia la sua astuzia, la sua potenza, non prevarrà. Tutto è possibile a Dio. Una forza dolce, paterna, può intervenire negli avvenimenti decisivi, perfino il miracolo, cioè un intervento visibile di Dio. Noi cristiani e credenti se sappiamo che una persona è in pericolo di morte, siamo pronti a intervenire, e se non sarà la terra a smuoversi, muoveremo il cielo. Ecco cosa significa credere in Dio. L'eternità e il suo mistero d'amore. Respingere con tutte le proprie forze l'idea del nulla. È terribile, apre abissi l'idea del nulla.»

Il filosofo sembra non comprendere l'angoscia che attanaglia l'animo del Papa e, ligio nel compito che ritiene doveroso di accompagnare il pensiero dell'illustre interlocutore, ricorda un episodio occorso a Teilhard de Chardin quando, vedendo bruciare una ciocca di capelli, venne colto dall'idea del nulla, ma anche della sua assurdità.

«In fondo l'essere è ciò che non può mai essere annientato» filosofeggia il filosofo.

Il Papa abbassa la testa sul petto, e il suo volto scompare nel buio. La voce è appena percettibile.

«Ricordo la desolazione che provavo da bambino quando vedevo bruciare della legna, della carta, un giocattolo, una lettera.»

Maggio 1972. I giardini pubblici di San Giovanni in Laterano.

Aiole, vialetti resi soffici da un tappeto di aghi di pino, qualche panchina deserta. Sono quei giardinetti che, di lato all'ingresso monumentale della basilica lateranense, seguono il terrapieno sopra le mura di Porta San Giovanni. È l'alba. Il sole non è ancora sorto. Una luce perlacea, che va lentamente sfumandosi in effimere striature colore di rosa, bagna l'immensa piazza sottostante, i tetti, le terrazze, le rovine, le cupole della Roma cattolica. Due uomini, affiancati, camminano lentamente, immersi in una quieta ma impegnativa conversazione. Entrambi indossano l'abito talare: la veste nera, il colletto alto e candido, di celluloide, stretto attorno al collo. L'uno, alto e magro, i capelli argentei, perfettamente composti fino a ricoprire le orecchie e la nuca, appena ricadenti in un folto ciuffo sulla fronte senza rughe;

parla, pur con lieve accento tedesco, un italiano perfetto, perfino ricercato. L'altro, assai più basso, la pancia sporgente sotto la veste, il volto accaldato nonostante l'ora fresca della giornata, il cranio lucido attraversato da rari riporti di colore incerto, parla un italiano piuttosto approssimativo, con lieve accento dialettale, forse marchigiano. Al primo corrisponde l'immagine che comunemente ci si fa di un gesuita di Tubinga, al secondo quella di un parroco di qualche modesta parrocchia dell'Italia centrale.

La conversazione sembra avere un carattere strettamente teologico, specie nel complesso discettare del gesuita tedesco, mentre scade in una precettistica da catechismo nei brevi interventi del parroco di provincia.

«Nell'esistenza banale, quotidiana, l'uomo odierno vede annullati i suoi caratteri più originali. L'esistenza si fa pubblica, uniforme, anonima, adotta la lingua di tutti, il tempo di tutti. L'impersonale "si" ha preso il posto dell'"io", quindi non più "io dico, io penso", ma "si dice, si pensa". L'uomo singolo non è più assolutamente irripetibile, ma ognuno ha una generica funzione interscambiabile. Non solo l'avvocato, il commerciante, l'impiegato, ma il dirigente, l'industriale, il politico, il ministro, il presidente, il re. In questa anonimità, in questa banalità, in questa quotidianità, l'esistenza trova sicurezza, ma avverte una sempre più vertiginosa sensazione di vuoto.»

«Capisco. Ti riferisci alla perdita di Dio. Lo dico sempre anch'io la domenica, ai miei fedeli. Una vita senza Dio è una vita vuota, senza senso. Mangiare, dormire, con quello che segue, non basta. Non si può fare a meno di Dio.»

«Non proprio così, permettimi di contraddirti. È la mancata venuta del Regno di Dio a causare la perdita totale di ogni senso. Tutto potrebbe continuare indifferentemente e indefinitamente così come lo conosciamo, e procedere nell'oblio di Dio, nell'allontanamento da Colui che ha creato e sostiene tutte le cose, verso la consumazione di ogni aspettativa, avanzando in uno spazio dove l'atto di torturare e quello di accudire amorevolmente diventano sempre più indistinguibili.»

«Ma è nella fede la sostanza delle cose, di quelle che si vedono e di quelle che non si vedono. È quanto ogni domenica, ogni fedele recita nel Credo. Credo in Dio, Padre onnipotente, con quello che segue.»

«Cipriano e Agostino pensavano di stare vivendo la decrepitezza della Storia nel vedere il mondo corrompersi, le discordie interne della Chiesa, le epidemie che colpivano senza distinzione i giusti e gli empi. Le parole della Bibbia l'uomo contemporaneo non può più ascoltarle. La cattolicità, la pretesa universalità, non si è realizzata. La nostra Storia occidentale è un episodio marginale, addirittura insignificante. Che cosa può dire l'ostinazione della fede di fronte a questo?»

«Il credente crede nella pietà e nella giustizia divina che vuole, pretende, irrinunciabili.»

«E se questa pietà, questa giustizia divina in cui il credente ha fede, venisse delusa? Dopo duemila anni i morti non sono risuscitati e lo spazio per la fede è mostruosamente diminuito. C'è un uomo in questa città chiamata Urbe, un uomo protetto da quella grande cupola che si alza sopra la cristianità, un uomo integro, lontano dal male, estremo baluardo della fede. Hai messo una siepe intorno a lui, l'opera delle sue mani hai benedetto. Ma stendi un poco la tua mano e toccalo con quella serpe che rode ogni cuore che soffre l'incomprensibilità della tua assenza, ogni mente che abbia l'onestà di volgere il proprio sguardo sul Male, che vede perseguitato il giusto e colpito l'innocente... Vedrai se non ti benedice in faccia!»

«Capisco. Hai posto il tuo cuore sul mio servo, uomo perfetto e integro, Vicario di mio Figlio su questa terra.»

«E non fu lui, tuo Figlio, a insegnare agli uomini quelle parole con cui ti chiedono di non indurli in tentazione? Non fu lui, tuo Figlio, che sulla croce, tra gli spasimi, ti chiese perché tu lo avessi abbandonato? Ebbene, ti propongo la vecchia sfida: lascia che io colpisca quest'uomo nel cuore e nella mente con lo scandalo del tuo silenzio di fronte al Male che si abbatte sul giusto... Vedrai se non ti benedice in faccia!»

«Ecco, da questo momento il suo cuore e la sua mente sono in tua mano.»

I due uomini in abito talare sono giunti nel grande spiazzo che si apre dinanzi alla facciata della basilica. Si fermano l'uno di fronte all'altro e si guardano. Sorridono entrambi. Dio risale i gradini verso l'ingresso centrale che sta aprendo i battenti sul primo splendore della mattina di maggio. Satana discende i gradini verso la piazza dove, con l'inizio della giornata, è iniziato anche il tumulto cittadino.

29 giugno 1972. Solennità dei Santi Apostoli Pietro e Paolo. IX anniversario dell'incoronazione di sua Santità. La voce di Paolo VI passa sulla città di Roma immersa nella luce del tramonto.

«Ho la sensazione che da qualche fessura sia entrato il fumo di Satana nel tempio di Dio... È entrato il dubbio nelle nostre coscienze, ed è entrato per finestre che invece dovevano essere aperte alla luce... Anche nella Chiesa regna questo stato di incertezza... È venuta una giornata di nuvole, di tempesta, di buio, di ricerca, di incertezza... Come è avvenuto questo? Il mio pensiero è che ci sia stato un potere avverso. Il suo nome è il Diavolo, questo misterioso essere... Crediamo in qualcosa di preternaturale venuto nel mondo proprio per turbare, per impedire che la Chiesa prorompa nell'inno della gioia... Vorremmo essere capaci di confermare nella Fede i fratelli... La Fede ci dà la certezza, la sicurezza, quando è basata sulla Parola di Dio... *Fortes in fide*. Vorremmo che questa forza della Fede, questa sicurezza, questa pace trionfasse su tutti gli ostacoli...»

Agosto 1978.

Paolo VI è morto. La vita quotidiana del Papa, la sua personalità, la sua spiritualità, la sua vocazione alla bellezza vengono rievocate dai telegiornali italiani attraverso le testimonianze di uomini illustri, quanti pretendono di averlo veramente conosciuto. Mentre scorre il placido fiume delle loro parole, la figura alta, lievemente ricurva, lo sguardo fermo dietro cui tiene a bada l'insostenibile angoscia di una segreta lotta senza quartiere, Paolo VI si aggira nelle stanze degli appartamenti vaticani.

Tradotto in simultanea dal francese, parla il vaticanista Jean-Marie Benjamin.

«... Paolo VI è stato un personaggio estremamente difficile da definire... Nel complesso, appariva assai enigmatico... La bonomia non era nel suo carattere... Delicato di salute, si era attenuto, fin dalla giovinezza, a una regola di vita metodica e regolare... Soffriva di un'artrosi cronica alla colonna vertebrale che colpiva specialmente le zone lombari e cervicali... Soffriva di una certa debolezza polmonare... Nel 1967 era stato operato di prostata... Aveva qualche noia ai reni che lo costrinsero ad alcune sedute di raggi X... Non dormiva più di quattro ore. Accanto alla sua camera e cappella privata aveva installato la sua biblioteca personale. Si diceva che i suoi autori preferiti fossero Dostoevskij e Bernanos. Amava Mozart, Chopin e Bach... Era un solitario, un asceta abituato a dubitare della propria natura perché conosceva i cambiamenti della vita e sapeva che la natura umana è piena di contraddizioni. Si svegliava la mattina alle 6.30. Alle 8 celebrava la messa, servita da uno dei segretari particolari, nella sua cappella privata posta accanto alla camera da letto...»

Appare sugli schermi la figura ascetica del vecchio Jean Guitton, il cranio calvo, il volto concentrato attorno al grande naso ricurvo. Chi, infatti, meglio del prolifico scrittore francese potrebbe parlare della cappella personale e della bellezza che vi rifulge, pura fonte di spiritualità, del suo amico Giovanni Battista Montini?

«La prima cosa che mi ha colpito nella cappella del Papa è il gioco delle luci. La cappella è uno sguardo sulla terra che essa rappresenta, sul cielo che capta... Non è un caso se quello che si impone allo sguardo è la vetrata della Resurrezione, che fa da soffitto alla cappella: e dalla quale entra tutta la luce. Questo Cristo risuscitato, che si interpone tra la giornata romana e l'ombra diafana della cappella, simboleggia la spiritualità cristocentrica del Papa... La cappella ha la forma semplice di un rettangolo. La si raggiunge facilmente, non ci sono gradini da fare. Il Papa vi si può recare a ogni ora del giorno e della notte... Ma il senso ultimo di quella cappella è il segreto. Essa è "secreta"... Nella cappella ammiro dei blu intensi, quasi viola; poi dei blu calmi, distanti, e certi blu evanescenti, lattiginosi... Oppure di quei blu che si vedono sul lago di Garda. I blu che Giovanni Battista Montini aveva tanto osservato nella sua infanzia lombarda, può contemplarli nella sua cappella, cristallizzati, trasfigurati, ma duri come pietre preziose... In questo oratorio dove regna solo Cristo, penetra la luce morbida, bluastra, luce bianca e rosa dell'aurora, luce piena di mezzogiorno, tenera luce delle sere romane, luce smorta, notturna, forse luce lunare; tutti i modi della luce sono presenti avvicendandosi con il ritmo delle ore... E la luce attraversa il volto di Cristo e degli angeli. Ma dal pavimento della cappella sale il richiamo del sacrificio della sera. Pietro crocifisso a testa in giù; dall'altra parte Paolo offre la testa alla spada.»

«... Dopo la messa Paolo VI faceva colazione nella sala da pranzo privata, una stanza estremamente semplice, sei metri per cinque, che aveva come unico mobilio una grande tavola, due *bahuts* del diciottesimo secolo, una televisione e delle semplici sedie. Al muro un crocefisso e qualche quadro... Durante la colazione, caffelatte e pane grigliato, Paolo VI scorreva i giornali del mattino... Alle 10 scendeva al secondo piano degli appartamenti ufficiali e raggiungeva il *cabinet de travail*, come chiamava la biblioteca dove dava le udienze private. Questa sala di quindici metri di lunghezza per undici di larghezza, dove aveva fatto mettere alcune piante verdi e cambiare la vecchia tappezzeria, prendeva luce da tre finestre che danno su piazza San Pietro. È da una di queste finestre che, la domenica mattina, recitava l'Angelus e rivolgeva un breve discorso alla folla dei fedeli. L'ora di pranzo, prevista per le 13.30, poteva slittare a causa delle udienze fino alle 15. Il pranzo consisteva generalmente in un po' di riso, patate, poca carne, legumi e frutta...»

Ricompare per brevi istanti il volto ascetico di Jean Guitton.

«Eravamo a Castel Gandolfo, dove regna la calma delle cime, ancora nei primi anni del suo pontificato. A pranzo, piatto italiano composto di quaglie, passeri, involtini di carne e polenta...»

«Dopopranzo faceva la siesta di un'ora, come la maggior parte degli italiani. Verso le 16 si ritirava a pregare nella cappella privata, dove leggeva una parte del breviario. Poi faceva una passeggiata *sur une terrasse aménagée* su una parte dei tetti del Vaticano. Verso le 17 prendeva una tazza di caffè e rientrava a lavorare *dans son bureau* al secondo piano. La cena era verso le 20.30, consisteva in un *potage*, formaggio e frutta. Durante la cena, che faceva in compagnia dei suoi segretari, guardava la televisione e commentava le notizie del giorno... Poi metteva sul giradischi qualche disco di musica classica, a volte anche composizioni contemporanee. Infine si ritirava nei suoi appartamenti privati, nella sua biblioteca personale, fino a un'ora avanzata della notte, dopo aver recitato la preghiera della sera con i suoi segretari. Restava sveglio fino alle 3, le 4 del mattino, preparando discorsi e allocuzioni, redigendo i canovacci delle lettere private per rispondere alle lettere di preti che gli confidavano le loro angosce personali. Riceveva più di mille lettere al giorno da ogni parte del mondo...»

Il volto corrucciato nella grossa testa incassata tra le esili spalle rincalzate, lo sguardo che taglia lo schermo con sottili lampi d'ironia, nonostante la mesta occasione l'onorevole Andreotti ricorda il Papa morto come qualcuno già immerso in un tempo definitivamente passato dove qualunque cosa sia accaduta, non è più il caso di rivangare, così come non si rivanga sull'assassinio di Giulio Cesare. Storia.

«Ricordo l'incidente avvenuto all'aeroporto di Manila dove, ad attendere Paolo VI, si era intrufolato un pittore, Benjamín Mendoza y Amor, travestito in abiti talari e con in mano una croce che si scoprì essere uno stiletto. Arrivato il Papa, gli si lanciò contro e cercò di colpirlo, riuscendoci per fortuna solo epidermicamente. Il merito della tempestiva difesa va ripartito tra don Macchi e il più robusto prelato vaticano Paul Marcinkus, che intervalla il suo lavoro bancario alle Opere di religione con brevi percorsi quotidiani tra le buche del golf della via Appia, detto, guarda caso, dell'Acquasanta.»

Autunno 1972.

Come sostengono gli esorcisti, e contrariamente a quanto si pensa, Satana non ha una grande fantasia e neppure grandi mezzi per indurre gli uomini in tentazione. Specie se il soggetto sul quale impegna la sua scommessa con Dio, questo antico gioco tra Cielo e Inferno, ha già scoperto e vinto gli assalti basati su vecchi trucchi, quali il sesso, il denaro, il potere. In tal caso, rimane a Satana un repertorio da baraccone, articoli piuttosto fastidiosi e in qualche caso assai debilitanti, ma non decisivi per vincere la partita.

Tutto questo, è ovvio, Satana lo sa, ma non rinuncia a metterlo in atto, almeno non finché la sua intelligenza – tanto più pericolosa quanto mediocre, non meno pericolosa della stupidità che, però, è soltanto retaggio umano – non riesce a partorire un'idea che, anche se priva di originalità, è volta a scalfire nell'intimo la coscienza che l'uomo ha del senso da attribuire alla propria vocazione nella vita e, soprattutto, è volta a minare la base su cui fonda la propria fiducia. La vittoria di Satana, nel gioco con Dio, sarà tanto più completa quanto più la fiducia alla quale l'uomo fa ricorso nelle maggiori difficoltà si chiama fede in Dio. Un Dio sempre presente e onnipotente, come vuole quel catechismo che non per nulla recitava il parroco di campagna nei giardinetti di San Giovanni in Laterano.

Sulla messa in atto da parte di Satana del repertorio in catalogo sotto la voce "Mistici", negli appartamenti vaticani, non risultano testimonianze se non illazioni desumibili da quei segni e piccole devastazioni tipiche – più volte descritte dagli esorcisti e dalle stesse vittime –, che più tardi, durante i sopralluoghi avvenuti nella ristrutturazione degli appartamenti privati del Papa, come è d'uso a ogni successione al Soglio pontificio, vennero trovati e rimossi.

Vengono chiamate ossessioni esterne anche se, sovente, è solo la vittima prescelta dal Maligno a percepirle di volta in volta con il senso della vista, dell'udito, del gusto, dell'olfatto, più raramente del tatto.

Alla tavola serale del Papa siede un quarto commensale. È Satana che, seduto all'estremità del tavolo, annuncia al Santo Padre, con la sua presenza, una notte agitata. Paolo VI non si scompone, porta alle labbra il cucchiaio con cui sorbisce il potage e scambia con i due segretari, che siedono ai lati del tavolo, qualche commento sui fatti del giorno trasmessi dal televisore acceso. Satana si limita a sghignazzare ogni volta che sullo schermo appare una personalità politica del momento: Cossiga, Moro, Andreotti, Zaccagnini...

È notte. Il Papa si è ritirato nella sua camera da letto. Siede al tavolino di lavoro dove sbriga la numerosa corrispondenza. Ha recitato con i segretari le preghiere della sera nella cappella personale di cui, prima di lasciarlo solo, i famigli hanno chiuso le porte.

Satana è seduto ai piedi del letto, ma questa volta preferisce mostrarsi al Santo Padre come una lingua di fuoco che corre e arde lungo i lembi del copriletto. Al mattino, nessuno troverà alcun segno di bruciato. Talvolta, invece di cenere o di brandelli di stoffa, gli addetti alle pulizie rinverranno con stupore mucchietti di insetti morti, quali scarafaggi, cimici, calabroni, vespe, scarabei stercorari.

Il segretario particolare del Papa, don Pasquale Macchi, ha imposto a famigli e inservienti di tacere su qualsiasi rinvenimento inspiegabile o fenomeno inusitato – quali scalpiccii, suoni, risate, lugubri richiami, colpi alle pareti – provenienti dagli appartamenti privati del Papa.

Quando i segni della persecuzione diabolica sono troppo evidenti, come lettere cabalistiche tracciate sulla tappezzeria o sedie con le gambe spezzate, poiché avviene che Satana si diverta a spostare i mobili della stanza o a scaraventare le sedie contro le pareti mentre il Papa, impassibile, continua nel suo lavoro al tavolino, desiderio del Santo Padre è che nulla sia rimosso o cancellato.

Il Papa non ama commentare tali fenomeni neppure con le persone di più stretta vicinanza, si limita talvolta a esprimere, con brevissime frasi, convinzioni che è andato maturando nel proprio intimo e che sembrano non riferirsi a nulla di preciso. «La fede dei più è privata, privatissima» dice. E altra volta: «La fede d'ingenuo abbandono è ormai di pochi». O ancora, citando ad alta voce la *Prima Lettera* di Pietro, quasi ricordando a se stesso le parole dell'apostolo: «Vegliate» diceva. «Vegliate perché il diavolo nostro avversario, come leone che ruggisce, va cercando chi divorare. A lui resistete forti nella fede.»

Nonostante la proibizione di rilasciare, specie alla stampa, confidenze sulla vita privata del Papa, un sacerdote, il quale pare avesse buone informazioni oltre la soglia del portone di bronzo, confida a un noto giornalista che il tema demoniaco aveva avuto largo posto nelle meditazioni personali del Papa per tutto il corso dell'estate di quell'anno. Il Santo Padre avrebbe infatti letto, o riletto, *I fratelli Karamazov* di cui qualche anno prima aveva seguito in tivù la riduzione sceneggiata da Diego Fabbri e Sandro Bolchi. Più di recente, non si era fatto sfuggire un secondo sceneggiato televisivo dostoevskiano, tratto da *I demoni*, sempre per la cura di Fabbri e Bolchi. Inoltre, il medesimo informatore riferisce quanto il Santo Padre fosse stato colpito in particolar modo da un passaggio dell'appello rivolto agli scrittori da Aleksandr Solženicyn: «I diavoli di Dostoevskij» aveva detto il mancato premio Nobel, «vagano nel mondo davanti ai nostri occhi, infestano quei paesi in cui pareva non avrebbero mai potuto affacciarsi, annunciando il loro obbiettivo: scuotere e distruggere la civiltà».

L'invenzione più sottile e particolare, data la particolarità della vittima, fu quella che Satana mise in pratica per alcuni anni la sera del Venerdì Santo, quando il Papa conduce la solenne processione del Cristo Morto recando personalmente la croce dalla spianata del Colosseo fino alle terrazze del Palatino, sostando nella recita delle quattordici Stazioni. Una pioggia scrosciante cade invariabilmente sui fedeli ammassati dietro le transenne, spegnendo lumini e torce, inzuppando la veste e i piedi del Papa, malamente riparato dagli ombrelli dei famigli. Il senso diabolico della provocazione consisteva non tanto nel disagio fisico del Santo Padre, quanto nell'istillazione del dubbio che il rito o, peggio, il ritualizzante non fosse gradito alle sfere celesti.

Per quanto il repertorio diabolico fosse stato, fino a quel momento, piuttosto scontato e nell'insieme inefficiente, il senso di quegli attacchi e la natura del loro autore non potevano sfuggire all'illustre vittima, che ne denunciò pubblicamente la possibile ingerenza nella vita pubblica della nazione e nella Chiesa, dopo il fallimento degli assalti personali. Ben conoscendo il fine del gioco, la debolezza della vita pubblica e politica della nazione per conseguire la propria vittoria. Fu allora che Paolo VI decise di denunciare l'attacco di Satana.

Mercoledì 15 novembre 1972. Festa di Sant' Alberto Magno, maestro di san Tommaso.

Il Papa parla a seimila pellegrini convenuti all'udienza generale del terzo mercoledì del mese. È un discorso lungo e complesso, le parole spesso giungono solo a tratti alla folla che ascolta, stupita e sconcertata, in un silenzio assoluto.

«... Uno dei bisogni maggiori è la difesa da quel male che chiamiamo il Demonio. Prima di chiarire il nostro pensiero invitiamo il vostro ad aprirsi alla luce della fede sulla visione della vita umana... Tutto ha un senso, tutto ha un fine, tutto ha un ordine... La visione cristiana del cosmo e della vita è pertanto trionfalmente ottimista... Ma è completa questa visione? È esatta? Nulla ci importano le deficienze che sono nel mondo? Le disfunzioni delle cose rispetto alla nostra esistenza? Il dolore, la morte? La cattiveria, la crudeltà, il peccato, in una parola, il male? E non vediamo quanto male è nel mondo? Non è forse questo un triste spettacolo, un inesplicabile mistero?... Lo troviamo nel regno della natura, dove tante sue manifestazioni sembrano a noi denunciare un disordine. Poi lo troviamo nell'ambito umano, dove incontriamo la debolezza, la fragilità, il dolore, la morte. Troviamo il peccato, perversione della libertà umana, e causa profonda della morte, perché distacco da Dio fonte della vita, e poi, a sua volta, occasione ed effetto d'un intervento in noi e nel nostro mondo d'un agente oscuro e nemico, il Demonio. Il male non è più soltanto una deficienza, ma un'efficienza, un essere vivo, spirituale, pervertito e pervertitore. Terribile realtà. Misteriosa e paurosa... Sappiamo che questo essere oscuro e conturbante esiste davvero, e che con proditoria astuzia agisce ancora: è il nemico occulto che semina errori e sventure nella storia umana... È lui il perfido e astuto incantatore, che in noi sa insinuarsi, per via dei sensi, della fantasia, della concupiscenza, della logica utopistica... È su questo Demonio e sugli influssi che egli può esercitare sulle singole persone, come sulle comunità, su intere società, o su avvenimenti, un capitolo molto importante della dottrina cattolica da ristudiare, mentre oggi poco lo è... Vi sono segni, e quali, della presenza dell'azione diabolica? E quali sono i mezzi di difesa contro così insidioso pericolo? La risposta alla prima domanda impone molta cautela, anche se i segni del Maligno sembrano talora farsi evidenti... Il problema del male rimane uno dei più grandi e permanenti problemi per lo spirito umano... "Siamo nati da Dio, e tutto il mondo è posto sotto il Maligno"... Il cristiano dev'essere militante: deve essere militante e forte; e deve talvolta ricorrere a qualche esercizio ascetico speciale per allontanare certe incursioni diaboliche... Padre nostro, liberaci dal male!»

Durante il discorso il Santo Padre, che sente sempre più stringersi addosso il cilicio che da qualche tempo indossa, segue con lo sguardo un piccolo cane nero, evidentemente invisibile alle guardie pontificie e alla folla dei presenti, che scorrazza saltando avanti e indietro un'altrettanto invisibile linea bianca che attraversa la sala delle udienze. Quella linea, all'interno dell'aula, delimita il territorio vaticano dal territorio nazionale italiano e un tempo, precedente al pontificato di Paolo VI e alla costruzione dell'aula, segnava realmente il confine tra i due Stati.

Sera del Venerdì Santo 1977. Appartamento papale in Vaticano.

Negli appartamenti privati Paolo VI si spoglia delle vesti rituali con le quali ha condotto la processione del Venerdì Santo al Colosseo. È fradicio di pioggia. Il volto è coperto da un grande asciugamano bianco con cui si strofina la testa e la faccia. Sembra un fantasma. Lo accudisce un giovane famiglio premuroso e annoiato.

«Questa volta mi è parsa più pesante del solito.»

«Che cosa, Santità?»

«La croce, Francesco. Pesava come fosse di ferro. Forse sono le mie forze che ogni anno diventano sempre meno.»

«Don Macchi l'aveva supplicata, Santità, di limitarsi a portare la croce solo nelle due ultime Stazioni della Via Crucis. Sua Santità è interamente bagnata.»

«Per favore, Francesco, te l'ho chiesto tante volte: non parlarmi al femminile.»

«Mi scusi, Santità. Proverò, ma non ne sono capace.»

«Come ti sono sembrati i testi di commento alle Stazioni? Quest'anno ho voluto che fossero affidati a un laico, a un poeta.»

«Se sua Santità mi permette, a me sono sembrati inutilmente verbosi.»

«Forse hai ragione, Francesco. I poeti sono fatti così: amano ascoltare il suono della propria voce. Anche noi ecclesiastici, del resto.»

«Le preparo un bagno caldo, Santità, e anche una tisana bollente, per i bronchi. Il dottor Porcelli è molto preoccupato per la salute di sua Santità.»

«Il dottor Porcelli non ha altro cui pensare. Viene pagato per questo. Che Calvario avrei mai salito stasera se avessi avuto paura di un po' d'acqua? Un bell'acquazzone sarebbe stato un refrigerio per Gesù mentre portava la croce. Purtroppo piovve solo dopo, quando era già morto.»

Il giovane famiglio parla dalla stanza da bagno adiacente, mentre prepara l'occorrente per la doccia. Ormai il vecchio pontefice non può più calarsi da solo nella vasca e farà la doccia in piedi.

«Tutta quella gente, là sotto, infracidita... Le candele che tenevano in mano si sono spente di colpo... Sembrava che tutti piangessero...»

«Sì, sembrava che tutto il popolo di Roma piangesse.»

«Solo i politici, sotto il palco, erano ben riparati...»

«I politici sono sempre ben riparati.»

Sera del Venerdì Santo 1977.

Processione del Venerdì Santo. Tra i prelati e la nobiltà nera al seguito del Papa che sale al Palatino, sotto gli scrosci del temporale romano, reggendo a fatica la grande croce, procedono affiancati il Gesuita di Tubinga e il Parroco marchigiano che si erano incontrati anni avanti nei giardini a fianco della basilica lateranense. Nonostante sia trascorso molto tempo da allora, nessuno dei due ecclesiastici, a differenza di Paolo VI dall'aspetto sempre più affaticato, denuncia nel volto o nel comportamento i mutamenti dell'età.

«Questo scherzetto della pioggia mi sembra decisamente infantile» lamenta il Parroco, un po' stizzito per quell'acqua dal cielo che gli ha inzuppato la veste, «sei davvero peggiorato dai tempi in cui avevi mandato una scarica di disgrazie a quel mio servo fedele, del quale al momento mi sfugge il nome.»

«Giobbe. Si chiamava Giobbe.»

«Esatto, Giobbe. Che vuoi, sono talmente tanti quelli che hanno patito disgrazie e affanni, perfino la morte, nel mio nome, compreso il mio stesso Figlio, che non posso ricordarli tutti per nome. Comunque, mi sembra che fino a oggi sei stato noiosamente ripetitivo. Nei tiri mancini che hai fatto a quel pover'uomo là davanti, e che si è dimostrato il più che degno capo della mia cristianità, mi è sembrato di riconoscere il repertorio delle stesse ridicole persecuzioni con cui hai inutilmente rotto l'anima – è proprio il caso di dirlo – a quell'altro mio degno servitore che faceva anche lui il parroco, in un paesino vicino a Lione, in Francia, se non vado errato.»

«Giovanni Maria Vianney, il curato d'Ars. Sono passati duecento anni, eppure mi sembra ieri. Fu molto divertente, anche se alla fine rimasi con un palmo di naso. Ma questa volta non sarà così. I tempi sono cambiati. Basta guardarsi attorno. Quelle facce che siedono là, ben riparate, in prima fila, sembrano pronte a prendere parte alla Rappresentazione. Perché questa volta sarà una Rappresentazione quella che metterò in scena.»

«E il mio servo, quello sul quale abbiamo scommesso, che parte avrà?»

«Lo vedrai tra poco. Hai ragione. Ormai le tentazioni individuali sono roba superata, è inutile dar fuoco ai tendaggi e fare volare seggiole, è la vita pubblica quella che conta. Oggi c'è la televisione, ci sono i giornali, sono loro i miei più potenti alleati, è attraverso di loro ormai che si dimostra l'amicizia, la giustizia, il coraggio, la fede. Soprattutto la fede, se sei un Papa. Puoi anche essere un santo, come si dice dalle vostre parti, ma senza giornali, radio e tivù, non servirà a niente.»

16 marzo 1978.

Alle ore 9.15 un commando di brigatisti rossi, composto da nove persone più una vedetta, tendono un agguato in via Mario Fani ad Aldo Moro, presidente del Consiglio nazionale della DC, mentre si reca a Montecitorio per il dibattito sulla fiducia del quarto governo Andreotti, il primo governo con il sostegno del PCI. In pochi secondi i brigatisti uccidono i due carabinieri Domenico Ricci e Oreste Leonardi, che accompagnano Moro, e i tre poliziotti della scorta Raffaele Jozzino, Giulio Rivera e Francesco Zizzi. L'onorevole Moro viene caricato a forza su una Fiat 132 blu. Poco dopo le Brigate Rosse rivendicano l'azione con una telefonata all'Ansa.

Alle 10 il presidente della Camera Pietro Ingrao sospende la seduta e annuncia il rapimento di Moro.

Alle 11.05, CGIL, CISL e UIL proclamano lo sciopero generale. Alle 12.46 riprendono i lavori alla Camera.

Il quarto governo Andreotti ottiene la fiducia alle 20.35.

Nella notte anche il Senato vota la fiducia.

Roma. Via Fani. Ore 9.10.

Il Gesuita di Tubinga e il Parroco marchigiano si sono incontrati, come per caso, alle 9 in via Fani. In realtà, si tratta di un appuntamento preciso dato al Parroco dal Gesuita. Sempre come per caso, hanno assistito all'agguato delle Brigate Rosse al presidente Aldo Moro, al suo rapimento, all'uccisione degli agenti di scorta.

«Ti è piaciuta la Rappresentazione?» chiede con un agro sorriso il Gesuita. «E questo è soltanto il prologo. Il resto, a seguire.»

«Mi sfugge l'attinenza con la nostra scommessa.»

«Lo vedrai, lo vedrai! Avrai anche tu la tua parte. Eccome se l'avrai! Ho cambiato tattica, come ti avevo annunciato. Basta con gli scherzi. Da questo momento ha inizio qualcosa all'altezza dei tempi. Lasciami lavorare. Devo dare il via alla Rappresentazione. Ha inizio l'incubo. Si alzi il sipario!»

Notte tra il 15 e il 16 marzo 1978.

Il sogno del Papa.

Bussano alla porta. Paolo VI fa cenno al famiglio di andare ad aprire. È don Macchi, il segretario personale del Papa.

«Santità, l'onorevole Moro chiede di essere ricevuto. L'ora e la richiesta non sono conformi alla prassi.»

Paolo VI ha un fuggevole sorriso, forse di compiacimento.

«Benedetto uomo! Sa che a quest'ora il Papa dovrebbe pregare... Fatelo entrare, don Macchi.»

Entra Aldo Moro. È un uomo dall'aspetto triste e rassegnato, infilato in un abito scuro, quegli abiti di una perenne cerimonia svolta al servizio di un indefinibile pubblico interesse, la giacca appena spiegazzata ma troppo ampia sulle spalle cascanti, la testa protesa e pesante ricoperta dai capelli lanuginosi ancora scuri ma attraversati da una ciocca candida e irriverente, come per un'assurda civetteria imposta dalla natura, cui tutta la figura dell'uomo rimane mestamente estranea.

«Santità...»

«Onorevole...»

Moro bacia l'anello pontificio mentre il Papa, con gesto amichevole, gli porge la mano. Don Macchi non è rientrato nella stanza insieme con Moro. Paolo VI indica una sedia a Moro che non appare affatto imbarazzato per essere penetrato nell'intimità del Papa, in una stanza e in un'ora assolutamente inedite e sconvenienti. Assai più stupito della situazione appare il Papa che non ricorda di avere mai ricevuto nessuno, a parte il segretario personale, nella sua camera da letto, neppure i familiari.

«Si sieda, caro amico, e non badi se io resto in piedi. Non sopporto di stare seduto, a volte mi tocca di restare immobile per delle ore su quel trono...»

Moro siede. Non sorride, sa che quella del Papa non è una facezia. Del resto, Moro non sorride quasi mai. Resta seduto, le mani larghe, giallastre, le unghie dal taglio accurato ma poco pulite, appoggiate sulle ginocchia che serra l'una contro l'altra nei calzoni sgualciti che ricadono abbondanti sulle scarpe nere, enormi, con i bordi infangati.

«Santità, mi scuso per l'ora...»

«Lasci perdere, onorevole. Immagino che abbia qualcosa di molto urgente da dire al Papa, per disturbarsi a venirmi a trovare in questa serata tanto inclemente.»

Il vento fa vibrare gli infissi, mentre la pioggia batte contro i vetri della finestra dove le imposte, contrariamente al consueto, non sono state serrate.

«Di urgente? Non avevo pensato che potesse essere urgente... Ma adesso che sua Santità lo dice, sì, forse, potrebbe anche essere urgente.»

«Suvvia, caro amico, lei non è persona che s'inquieta per nulla. Di che si tratta?»

«Sono certo dell'esistenza del Diavolo.»

Il Papa cammina lentamente lungo la stanza, poi si ferma dinanzi a Moro, lo guarda, accenna un amaro sorriso.

«Tutto qui? Lo sa bene: l'infaticabile azione del Demonio è una delle poche certezze che ho sempre avuto, fin dai tempi del seminario.»

«Ma adesso è diverso. No, non parlo di quel tentatore da strapazzo che induce i fanciulli a compiacersi di pensieri impuri...»

«Oh, non lo disprezzi, anche quello è un diavoletto che sa bene il fatto suo...»

«No, no, si tratta di ben altro. Qualcosa di perverso, di ossessivo, una presenza maligna, un irrazionale disgusto... Alle volte mi chiedo, Santità, se questo fetore di morte non siamo noi stessi a emanarlo. Se il Diavolo non sia già dentro di noi.»

«Non capisco, amico mio, di che lei stia parlando. Nessuno opera il bene senza operare anche una parte di male. La natura umana, lo sappiamo, non è perfetta.»

«Santità, per favore, non mi ripeta anche lei la storia del peccato originale... Adamo è lontano, e anche Eva, con quella loro povera carne così nuova e già decomposta... È la vicinanza di Caino a inquietarmi.»

«Decisamente non la capisco. La vedo molto scosso e questo non è del premuroso padre di famiglia né dell'uomo politico che conosco e apprezzo.»

«Sua Santità forse ha ragione. Forse l'impegno politico mi ha logorato, le responsabilità che ho preso sulla mia persona e quelle che mi preparo a prendere, le colpe...»

«Le colpe, onorevole?»

Moro tace, sembra smarrito, si alza.

«Chiedo perdono a sua Santità. La paura non è un sentimento cristiano. In realtà sono venuto a chiedere la sua benedizione...»

«Ce l'ha, figliolo, ce l'ha.»

Il Papa fa un rapido cenno benedicente.

«... E una promessa.»

«Una promessa? Del Papa?»

«No. Dell'amico Giovanni Battista Montini. Di

non dimenticare la mia famiglia, qualunque cosa mi accada.»

Aldo Moro e Paolo VI restano fermi, immobili, l'uno di fronte all'altro, sull'ultima battuta.

Fine del sogno.

Il Papa si sveglia. È nel suo letto. Qualcuno ha spento la luce sulla piccola scrivania e sul comodino dove è ancora aperto un libro. È il secondo volume dei *Fratelli Karamazov*, al capitolo IX: "Il diavolo. Incubo di Ivan Fëdorovič".

PARTE II

Incubo

Roma. 10 marzo 1978.

Il soggiorno di un appartamento qualunque, al terzo piano di un caseggiato piuttosto degradato di un quartiere popolare all'Esquilino. Un tavolo ovale, alcune seggiole, una libreria quasi vuota, giornali sparsi ovunque sul pavimento, un divanetto foderato a fiorami forse gialli su cui è appeso un ritratto di Paolo VI allegato a "Famiglia Cristiana" per il decennale dell'elezione al pontificato. Da una delle due porte aperte sui lati si intravede una cucina con il lavello ingombro di piatti, dall'altra una camera da letto con le lenzuola ancora arrovesciate. Allungata sul divano Simonetta guarda l'ingombrante tivù appoggiata su uno sgabello sotto la finestra con i vetri aperti e le persiane socchiuse, da dove salgono i rumori di un mercato rionale. Sullo schermo, Thérèse Bertherat sta tenendo una lezione di antiginnastica, la pratica per mantenere giovane il corpo da lei teorizzata in un libro di grande successo. Simonetta è una ragazza sotto i trent'anni, non bella, il volto sciupato, i capelli chiari lisci tirati dietro la nuca. Quando sente aprire la porta alle sue spalle, che dà sulle scale senza ascensore, spegne di colpo la tivù.

Entra Barbara, una donna di solo qualche anno più anziana, ma i cui lineamenti decisi, lo sguardo fermo degli occhi scuri, suggeriscono una personalità matura che ha già fatto le sue scelte nella vita. Barbara ha in mano la sporta della spesa.

«Qualcosa di bello in tivù?» chiede, mentre va a depositare la sporta in cucina.

Simonetta non risponde, toglie le gambe che aveva allungate sul divano e posa i piedi a terra. Indossa dei jeans stinti.

«La televisione non serve, e nemmeno i giornali. Se volevi distrarti era meglio il mercato rionale. Chissà perché, i mercati danno sempre allegria. Ma per me e Renato non compro al mercato, lì è difficile che qualcuno ti noti. Vado nei soliti negozietti, compro un po' di carne, latte, pane, un po' di verdura, di frutta. Dico buongiorno e buonasera, piove, c'è il sole, c'è vento, scambio quattro chiacchiere con il padrone, la padrona. È bene farsi notare, avere una vita normale, al di fuori di ogni sospetto.»

Barbara, mentre parla, guarda Simonetta con

dolcezza. Le si avvicina, allunga un poco la mano come se volesse sfiorarle i capelli, poi rinuncia e le si siede accanto.

Simonetta tiene la testa bassa. «Odio questi jeans. È Bruno che vuole che io li porti, dice che le gonne sono roba da signorine.»

«Fregatene. Qualunque cosa facciamo o saremo chiamate a fare, non dobbiamo mai scordare chi siamo, chi ci ha amato, che cosa abbiamo amato...»

«C'è un libro che leggevo quando studiavo a Trento, a casa dei miei. Non ricordo né l'autore né il titolo, ma c'è un episodio, non so se fosse reale o fosse un sogno, che mi torna continuamente alla memoria ed è come se qualcuno mi chiamasse e mi indicasse la via di uscita. Per liberarsi dal peso della vita due donne si chiedono quali siano state le più terribili esperienze della loro vita. Così una domanda all'altra: conosci la delusione d'amore? Ed entrambe piansero forte e furono liberate da quel peso sul cuore. E poi, a turno, continuarono a chiedersi: conosci l'infedeltà, l'offesa, le preoccupazioni, gli affanni? E ogni volta le due donne piansero insieme e insieme furono libere da quel peso...»

«Io suonavo la chitarra. Era una chitarra molto bella, con una custodia scura. Me l'aveva regalata un ragazzo che per tutta l'estate era venuto da me per insegnarmi a suonare. Pare che suonassi anche abbastanza bene. Ricordo il titolo di un giornale dopo una mia esecuzione: *Con mani di donna una chitarra suona*. Non ti fa ridere?»

«No. È molto bello. Ma è tutto passato, è un mondo che dobbiamo dimenticare, come dice Bruno. Andavamo insieme al cinema, a cena. Una sera mi chiese di entrare, io feci resistenza, avevo paura di mio padre, poi cedetti. Poi presi ad andare con lui alle riunioni, accese discussioni senza fine. Bruno faceva parte delle organizzazioni armate nate a Roma. Gira con la pistola. A me sembra una cosa stupida, pericolosa. Non si separa mai dalla pistola, prima di andare a letto la posa sul comodino...»

«Renato è più dolce. Fu gentile quando mi mise incinta e abortii. Gli uomini hanno in testa un mondo diverso dal nostro.»

«Lo so cosa hanno in testa gli uomini: il sesso e la morte. Che è poi la stessa cosa.»

Barbara le aggiusta una ciocca di capelli che le è scivolata sul viso. Le sfiora il collo. Tacciono entrambe. Simonetta come se guardasse in fondo a un abisso, Barbara come se cercasse di distinguere i suoni beceri ma allegri che salgono dal mercato rionale.

«Perché sei entrata nella clandestinità?»

«Quelle interminabili discussioni di come si costruisce un mondo nuovo, la percezione esaltante di partecipare a qualcosa di straordinario...»

«Tu non sei pronta a fare quello che ti chiedono di fare. Hai paura?»

Barbara passa un braccio attorno alle spalle di Simonetta.

«No. Non è la paura. Ieri l'ho visto in chiesa. L'immagine di quell'uomo mi è rimasta stampata in testa. Ero entrata intenzionalmente, proprio per studiare i suoi movimenti e quelli degli uomini della scorta. Quell'uomo inginocchiato, a due passi da me, era la stessa persona che rappresentava l'incarnazione del potere. Cercavo di non tradirmi, ho una scarsa conoscenza del rituale, ero l'unica donna giovane, mi alzavo e mi inginocchiavo con le altre donne e anche lui lo faceva e poi si alzò e andò incontro al prete a ricevere la comunione... Tutto era di una normalità irreale...»

«La normalità non esiste» lo sguardo di Barbara è diventato improvvisamente duro. «E gli uomini non si valutano in chiesa, i più soltanto a letto.»

«Quando Bruno mi tocca mi sento tremare. È come se nascondesse un coltello.»

«Senti la mia mano sulla tua spalla? Hai ancora paura?»

«No. Vorrei chiudere gli occhi. Scomparire. Tornare bambina, quando mia madre mi pettinava i capelli. Mi piaceva farmi pettinare i capelli da mia madre. Mia madre si è suicidata e avevo paura di mio padre. Già di prima mattina, quando mi svegliavo, avevo una stretta in gola. E quando arrivavo davanti alla scuola, avevo l'impressione che qualcuno mi volesse soffocare e nel momento in cui dovevo entrare in classe, spesso non riuscivo a emettere una sola parola... Avevo sempre voglia di piangere...»

«Come adesso?»

Simonetta piange, appoggiandosi a Barbara che l'accarezza.

«Quando mi fermo la sera, davanti ai palazzi, e osservo le finestre illuminate, mi domando: ma questa gente vuole davvero cambiare la propria vita, vuole quel cambiamento totale, doloroso, sanguinoso, come lo vogliamo noi? Vuole essere davvero liberata? Ma da che cosa? Mi chiedevo. Non è forse felice nella sua piccola felicità? Non ha forse una sua piccola felicità anche quell'uomo che ho visto pregare in chiesa? Perché dovrei spararagli, io che non ho mai sparato un solo colpo in vita mia?»

«Non devi avere paura. Io sono più forte degli uomini, perché non odio come loro odiano. Posso uccidere senza odiare ed è quanto farò al tuo posto.»

Barbara accarezza Simonetta che si abbandona, Barbara la bacia sugli occhi, sulla bocca.

Roma. 16 marzo 1978. Un appartamento della clandestinità.

Aldo Moro è stato fatto uscire dalla cassa di legno a due manici in cui è stato trasportato nel bagagliaio della macchina. È bendato. Prima di entrare nella cella, che è stata ricavata dietro una libreria, gli è stato chiesto di togliersi il completo scuro che indossava per recarsi in Parlamento e di mettersi gli indumenti che erano stati preparati per lui: pantaloni con l'elastico in vita e un paio di pantofole, perché stesse più comodo durante il periodo della prigionia. Moro aveva ubbidito senza la minima protesta, solo aveva insistito per avere le medicine indispensabili che portava sempre con sé nella borsa da lavoro.

Ora è seduto su un lato della brandina e si passa tra le larghe mani giallastre, dalle unghie profondamente tagliate, un piccolo involto di carta stagnola che si è preoccupato di togliere dal taschino, prima di consegnare la giacca ai carcerieri. È un regalo del suo nipotino.

In casa Moro si aveva l'usanza di scambiarsi regali minimi, cose insulse, senza valore, solo per affetto. Padre e nonno, Aldo Moro finiva per riempirsi di un'infinità di regalini che poi dimenticava nelle tasche, portandoli con sé e ritrovandoli nei momenti più impensati. Dentro quell'involto di stagnola, ora aperto con cautela, c'è l'occhio di un pesce lesso che, durante una cena familiare, era stato portato in tavola e mangiato. Quel piccolo globo perlaceo dovette sembrare qualcosa di infinitamente prezioso al nipotino, perché lo aveva accuratamente avvolto e ne aveva fatto dono al nonno.

18 marzo 1978.

Squilla il telefono nella redazione del "Messaggero". Una telefonata anonima indica dove trovare il "Comunicato n° 1" delle BR, che contiene la foto di Moro e annuncia l'inizio del suo "processo".

19 marzo 1978.

Sulla scalinata di Trinità dei Monti un barbone raccoglie un foglio di giornale che svolazza nell'aria primaverile tra i piedi di una compagnia di turisti inglesi. È una pagina del "Popolo". Contiene un editoriale di Benigno Zaccagnini, segretario politico della DC.

Il barbone siede su un gradino e legge.

"Siamo chiamati al momento più difficile della nostra storia. Aldo Moro, per la cui sorte siamo in trepidazione, sta vivendo un momento terribile. Gli siamo vicini e tutti sanno con quale spirito: ma dobbiamo esserlo con l'esemplare fermezza e la cristiana serenità che ci viene indicata dalla sua consorte e dai suoi figlioli. Abbiamo reso omaggio alle salme dei tutori dell'ordine, caduti in un agguato che ha unito la ferocia alla più fredda preparazione e determinazione... Siamo tutti insieme con Aldo Moro, per la sua salvezza e per il suo ritorno alla famiglia, all'Italia, al nostro partito... La DC è anche in questa tragica ora punto essenziale di riferimento per fare il suo duro dovere affinché la Repubblica non si pieghi al terrorismo."

Il barbone appallottola il giornale e lo getta via. Alza la faccia fuligginosa e guarda con un sogghigno la cupola di San Pietro che spunta oltre i tetti, al di là del Tevere. Poi, in quattro salti, scende la scalinata e, tra lo stupore dei turisti inglesi, sale sulla carrozza ferma in piazza di Spagna. Tra le stanghe sonnecchia un cavalluccio bianco. A cassetta siede un vetturino dall'aspetto di vecchio marinaio. Il gruppo equestre forma un insieme piuttosto anomalo, anche in una piazza che ha visto il passaggio di scozzesi con le zampogne e di sikh dai monumentali turbanti.

«Hai visto la televisione, hai letto i giornali? Io, figurati, ero seduto in Parlamento quando è arrivata la notizia. Dovevi sentire cosa hanno detto, devi leggere cosa scrivono. Una Babele! Oh, scusami, non volevo criticarti, quella era opera tua... Ti è sempre piaciuto lo scherzetto della confusione delle lingue... È un tiro mancino che so fare anch'io, mi diverte un mondo. Ma è un po' diverso dal tuo. Io non confondo le lingue, ma i linguaggi. Faccio così: ogni volta che uno di quei signori che siedono sempre nelle prime file, che accorrono ai salotti televisivi, crede di stare dicendo quello che in realtà non pensa, io gli metto in bocca il linguaggio di un altro, che so, di Napoleone, ad esempio, di Giulio Cesare, di Carlo Marx, di Robespierre, di quel fanatico di Saint-Just... Un vero spasso, puro divertimento... Così va a finire che, non dicendo quanto vorrebbero dire, si ritrovano invece a dire la verità. Devi ammetterlo, non è molto più spassoso di quel tuo casino della Torre? Vedrai, saprò darmi da fare... Ma prima ho ben altro di assai più importante... In fondo, devo pensare a vincerla quella nostra scommessa. È sempre valida, non è vero?»

«È sempre valida.»

«Com'era quella frase che dicesti quando io ti dissi: toccalo nell'osso e vedrai se non ti benedice in faccia? L'ho trovata perfetta, assolutamente degna di te e della fiducia che riponi nei tuoi servi...»

«Eccolo nelle tue mani.»

«Esatto, proprio quella... Ma tu ricordati della promessa di restartene fuori di scena. Lui ti supplicherà, ti pregherà d'intervenire, di parlargli, di dargli consigli, di... Ma tu tacerai, non è vero che tacerai?»

«Tacerò.»

«Certo, tacerai. Cosa che, del resto, è da tempo che ti riesce assai bene.»

«Via, si parte! A San Pietro, vetturino, a San Pietro!»

Il barbone ride di gusto mentre la carrozza, trainata da un cavalluccio tutto nero, rotola sulle strade mal selciate di Roma. Il conducente non è più il vetturino dall'aspetto di vecchio marinaio. È un giovanottone, un bullo da Cinecittà, una specie di Maurizio Arena in *Poveri ma belli,* di popolare memoria. Schiocca allegramente una frusta che ha più l'aspetto di una lunga coda a due punte.

Basilica di San Pietro. Interno.

Mezzogiorno. Le porte della basilica sono aperte, sotto la consueta sorveglianza. Le grandi navate sono percorse dalle consuete presenze dei visitatori che fanno il consueto gioco di sorprendere la propria infinitesimale piccolezza, a confronto con la monumentalità di ogni singolo particolare artistico e architettonico della basilica vaticana. Una figura vestita di bianco cammina avanti e indietro tra il baldacchino del Bernini e la cattedra di San Pietro su cui risplende la luce che penetra dalla finestra e che trapassa l'immagine dello Spirito Santo in forma di colomba tra nubi, angeli e raggi rifulgenti. È il Papa, e sembra attendere qualcuno che tarda ad arrivare.

Nessuno dei visitatori, anche se di rado si spingono fino a quell'estrema zona della basilica, sembra notare la sua presenza. Si direbbe che il Papa è invisibile a tutti tranne a un prelato in clergy che frettolosamente gli si avvicina e lo saluta rispettosamente con un lieve inchino del capo, ma senza chinarsi a baciare l'anello pontificio che, del resto, il Papa non gli porge.

«Mi scuso, ho fatto tardi a parlare con il suo datore di lavoro. E poi, il traffico di questa città, specie quando si avvicina la Pasqua... Dovrebbe vederli... I preparativi, la gita fuori porta... Il desiderio di distrarsi, di divertirsi, aumenta proporzionalmente con i momenti di morte, di tensione... È come la fame di cibo e di sesso dopo un funerale...»

«Non è di questo che dobbiamo parlare, ma di quell'uomo, quell'innocente che sta pagando per tutti, chi sia il soggetto di un simile ricatto e chi ne sia l'oggetto, il perché di questa guerra dichiarata.»

«Oh, questo dovrebbe saperlo meglio di chiunque altro, Santità. Fu lei a dichiararmi guerra con quei discorsi davvero poco gentili, ma che pure ho apprezzato... I miei giochini, a paragone dei suoi, si sono dimostrati miserevoli anticaglie... Così ho dovuto adattarmi ai tempi, inventare un nuovo gioco, anche se, seguendo la tradizione, per lei non sarò io l'avversario in questa faccenda, ma qualcuno di assai più importante di me, qualcuno che ama scommettere sui suoi servitori più fedeli... Ma non è qui il luogo adatto per conversare, là fuori è primavera, dovrebbe vedere che cosa è Roma in simili giornate, tutta questa magnificenza, questi marmi, questi ori, sono una ben misera cosa di fronte all'esultanza della natura, ai suoi colori, ai suoi profumi... Venga con me, c'è un luogo da cui potrà ammirare il trionfo della vita e dove potremo conversare in pace...»

«In pace?»

«Si fa per dire... E poi, perché no? In pace. Gliel'ho detto, non sono io il suo avversario ma qualcun altro...»

Balconata sotto il lanternone della cupola di San Pietro. Lo spettacolo di Roma si estende attorno al colonnato del Bernini che, visto da lassù, si apre in forma di tenaglia. Ora Satana, fuori dalla basilica, si rivolge al Papa con il "tu" familiare al quale anche il Papa si adegua.

L'ecclesiastico in clergy indica il paesaggio al Papa, la cui lunga veste bianca schiocca come una vela al vento di marzo.

«Che ti dicevo? Non è magnifico? Perché accorarsi, perché combattere? Devi pur riconoscerlo, non sono io, ma è lui, il tuo datore di lavoro che, come sempre, vi tormenta con la sua gelosia, la sua insicurezza...»

Il Papa sembra non ascoltare. Guarda la distesa di Roma come se vi cercasse qualcosa.

«Dov'è quell'uomo, dove l'hanno nascosto? Perché quelle morti? Chi si occuperà di lui, chi verrà a patti per liberarlo?»

«Nessuno. Il gioco è tutto qui. Solo tu puoi farlo. Poiché non posso tentare il tuo corpo e il tuo spirito, mi è stato concesso di tentare la tua fede. Un tuo sì o un tuo no e quell'uomo... Come si chiama, a proposito? È talmente poco importante per me che non ricordo nemmeno più il suo nome...»

«Aldo Moro.»

«Ecco, appunto, un sì o un no e il tuo amico, quell'Aldo Moro, verrà liberato. Basta che tu ti fidi di me. Quei giovanotti li manovro come mi pare, hanno il caos dentro la testa. Non aspettano altro che una buona scusa per lasciarlo andare libero da sua moglie, dai suoi figli e dai suoi nipotini. Tanto, in Parlamento non ha più niente da fare, non vorrà più mettere piede in mezzo a quella gente.»

«Anche se davvero fosse come tu dici, anche se non ho alcun merito per invocare la giustizia divina, è soltanto questa che io invocherò.»

«E fai male. Da' retta a me, che ne ho lunga esperienza. Il tuo Dio, nella sua immensa e atroce dinamica, non permetterà che tu gli chieda, sia pure supplicandolo, un qualunque comportamento morale che implichi una sua limitazione.»

«È talmente grande la mia fiducia in Lui che, anche se fosse in contraddizione con se stesso e permettesse il Male, sarebbe Lui stesso il mio difensore contro il Male.»

«Macché, pure fantasie. Yahvè – io lo chiamo

ancora così perché il Grande Vecchio non è mai cambiato – non vuole avere assolutamente niente a che fare con chi è o si fa uomo. Dovevate averlo capito fin da quando ha fatto di suo Figlio un uomo e l'ha lasciato laggiù a morire in quel modo indegno... Non ha progetti che vi riguardino. Da' un'occhiata intorno, dimmi, cosa vedi?»

«Dio ha bisogno degli uomini.»

«Oh, per carità, tu leggi troppo. Questa l'ho già sentita. Ma certo! Come potrebbe procurarsi la sensazione della propria esistenza, se non grazie a qualcosa o a qualcuno di esterno a se stesso? Come voi uomini, ad esempio. Altrimenti perché vi avrebbe creato in quel disgraziato giorno della Creazione? Perché nemmeno il cielo, il firmamento, la distesa delle acque, figuriamoci poi le mucche o gli asini, con tutto il resto, bastavano a farlo sentire vivo. E allora ha creato voi altri, gli uomini. E quale non fu poi la sua delusione quando io vi aprii gli occhi sul suo assoluto egoismo.»

«Dio permette anche la tua esistenza. Non hai mai pensato perché lo ha fatto?»

«Per vanagloria. Ormai mi aveva fatto e non poteva ammettere un errore nella sua creazione. Lo stesso fu per voi. Così, per farvi sempre ricordare di lui, inventò il Peccato...»

«No, non il Peccato, la Tentazione. Perché attraverso il buio si giunga alla luce.»

«Sei patetico. Come ogni mistico, del resto.

Maestri nel rovesciare le carte in tavola. Più vi trovate nei guai, più pensate di essere sulla buona strada... Chiacchiere. Intanto, quel tuo amico aspetta il tuo aiuto. Ci conta. Non puoi limitarti a chiedere ispirazione a Dio su che fare. E poi, l'appello alle BR che hai lanciato ieri mattina da quella solita finestra da dove levi il tuo inutile lamento per terremoti, guerre, inondazioni... Devi muoverti, darti da fare. L'uomo pio, il fedele, è su un palcoscenico aperto alla vista di tutti, da dove egli presenta agli occhi e alle orecchie del mondo intero la sua causa. Figurarsi poi se è un Papa! Sbrigati perché il tempo stringe. Lorsignori laggiù troveranno mille scuse per non alzare un dito. Il riparo dei potenti... Anche loro stanno dalla parte del tuo Dio... I potenti hanno sempre ragione perché l'autorità del potere non ammette discussione. Qui, in discussione, ci sei soltanto tu. Devi deciderti.»

«Lo farò. Non perché Dio debba dimostrare la sua giustizia, ma perché ho fede nella sua giustizia.»

«Arrangiati. Adesso devo proprio andare. Capisci, anche con quei giovanotti ho il mio bel da fare... Pasticciano, discutono... Oh, quanto discutono! Solo delle donne posso fidarmi. Come sempre, del resto. Ma non di tutte, solo quelle con i coglioni. Oh, scusami, mi è scappata. Ma ci siamo capiti. Ci vediamo. E, se puoi, non parlare così male di me. Hai un po' esagerato, devi ammetterlo, anche se, ti confesso, mi ha fatto piacere sentire che c'è qualcuno che crede ancora nella mia esistenza... Se aspetto quelli là sotto, posso andare in pensione... Hanno la presunzione di credere che il Male lo possono compiere a piacer loro... Imbecilli!»

L'uomo in clergy sale in piedi, in equilibrio, sulla ringhiera che circonda il lunotto della cupola, come avesse l'intenzione di spiccare un salto di sotto. Poi ci ripensa e torna indietro.

«No, vecchie stronzate. Se permetti, uso anch'io l'ascensore. Ma se vuoi, secondo tradizione, invito te a farlo. Verranno schiere di angeli a sostenerti» dice strizzando l'occhio al Papa, e se ne va.

Studi Rai. Un mattino degli anni '90.

Il familiare volto e la ben nota voce di padre Carlo Cremona rievocano, per gli ascoltatori di "Uno Mattina", il dramma di Paolo VI nei giorni del sequestro Moro:

«... La sua angoscia venne crescendo giorno dopo giorno... Come quando uno naviga in un mare aperto, in una notte interminabile di continua tempesta... Lancia appelli di aiuto, ma rispondono solo le tenebre e la tempesta... Tenebre e tempesta, l'impotenza di fronte a un Satana che nessuno riesce a legare... Nasce nell'uomo Montini la psicologia di Giobbe o, meglio, l'angoscia di Gesù nel Getsemani... Irrazionalità e ineluttabilità della prova che schiaccia l'innocente... Grida legittime di una disperazione con qualche speranza per non disperarsi...»

20 marzo 1978. Stanze vaticane. Cappella privata di Paolo VI.

Il Papa è inginocchiato sotto la grande vetrata della Resurrezione.

Dietro di lui, in piedi, sono il suo segretario personale, don Pasquale Macchi, padre Carlo Cremona, amico e aiutante di don Macchi, e il direttore dell'"Osservatore Romano" Raimondo Manzini.

Il Papa non parla ad alta voce, ma le sue parole, rivolte a se stesso o a qualcuno di invisibile, sono perfettamente udibili. La scena, sotto la luce blu notte che penetra dalla vetrata, è irreale.

«Il mio spirito è turbato, i miei giorni si spengono... I miei lamenti sgorgano come acqua perché ciò che io temo mi accade, e ciò che mi spaventa mi sopraggiunge. Non ho tranquillità, non ho pace, non ho riposo, mi assale il tormento... Io non terrò chiusa la bocca, parlerò nell'angoscia del mio spirito, mi lamenterò nell'amarezza del mio cuore...»

Don Macchi, avanzando di un passo alle spalle del Papa:

«Fino a quando dirai simili cose e come vento saranno le parole che escono dalla tua bocca? Se ricercherai Dio e implorerai l'Onnipotente, certamente fin d'ora veglierà su di te e ti ristabilirà nella giustizia... Dio non rigetta l'uomo integro, né presta fede ai malvagi. Può ancora colmare la tua bocca di sorriso e le tue labbra di giubilo...»

Il Papa non ascolta. In ginocchio, dentro un bagno di luce blu notte, continua a rivolgersi a se stesso e a qualcuno di invisibile:

«... Se uno volesse disputare con lui non gli risponderebbe una volta su mille... Mi passa vicino e non lo vedo, se ne va e di lui non mi accorgo... Anche se avessi ragione, non riceverei risposta. Anche se rispondesse al mio appello, non crederei che ascolti la mia voce... Lascia la terra in potere dei malvagi, vela il volto dei suoi governanti... A me sono state assegnate notti di affanno... Perciò non terrò la bocca chiusa, parlerò nell'angoscia del mio spirito, mi lamenterò nell'amarezza del mio cuore...»

Come già don Macchi, si fa avanti di un passo Raimondo Manzini:

«Dio è più grande dell'uomo. Perché gli hai intentato un processo, per il solo motivo che non risponde a ogni tua parola?»

Anche padre Cremona avanza di un passo e parla al Papa inginocchiato:

«Tu sei oppresso! Vedi, tu hai istruito molti e hai rinvigorito le mani infiacchite. Le tue parole sostenevano i vacillanti e rinfrancavano le ginocchia che si piegavano... Ma ora che tocca a te, ti abbatti. Ora che il colpo ti giunge, ne sei sconvolto. La tua pietà non era forse la tua fiducia, e l'integrità della tua condotta la tua speranza? Quale innocente è mai perito, e dove mai si sono visti i giusti sterminati?»

Il Papa si alza, si volta, guarda in faccia i suoi collaboratori. Nel suo volto scavato ardeggia uno sguardo d'impaziente rimprovero e insieme di esultanza, come un valoroso condottiero, disposto a lottare contro un soverchiante nemico, si rivolge al proprio stato maggiore che lo spinge a venire a patti:

«Voglio rivolgermi all'Onnipotente, voglio discutere con Dio. Voi, invece, siete manipolatori di falsità, siete medici da nulla... Tacete, lasciatemi. Voglio parlare io, tacere ora sarebbe morire...

Mi ha sbarrato la strada perché io non possa passare, sui miei sentieri ha disteso le tenebre. Mi spoglierà del mio onore, mi toglierà il diadema dal capo, sradicherà come un albero la mia speranza...»

Stanza personale del Papa.

Dalla porta rimasta aperta, Satana, vestito inappuntabilmente da Satana e, pertanto, invisibile, ha potuto vedere e sentire quanto avvenuto e detto nella cappella dove, naturalmente, non gli è lecito entrare. Applaude, rivolgendosi a sua volta a qualcuno di invisibile.

«Bravo, bravissimo! Sei stato ai patti. Zitto come una mosca, non una sola parola, non un minimo impulso di speranza... Startene zitto è la parte che ti riesce meglio, bisogna riconoscerlo. Eppure, quel pover'uomo ti è venuto a gridare fin sotto al naso, a sfidarti... Non gli hai neppure fatto il discorsino che facesti a quell'altro tuo giusto, a quel Giobbe... Ricordi con che vocione gli desti una lavata di capo? "Conosci tu le leggi del cielo o ne applichi le norme sulla terra?" tuonavi. "Puoi tu alzare la voce fino alle nubi e farti coprire da un rovescio d'acqua? Scagli tu i fulmini e quelli partono dicendoti: 'Eccoci'?" Ma quelli erano altri tempi e anche tu ti chiamavi in un altro modo... Adesso vi lascio tutti quanti, perché ho davvero ancora molto, molto da fare...»

24 marzo. Venerdì Santo. Camera del Papa in Vaticano.

Paolo VI è seduto in poltrona, sofferente, da più di dieci giorni, di una grave forma d'influenza che lo ha costretto a rinunciare alle cerimonie della Settimana Santa. Ha fatto collocare la poltrona in modo da poter vedere, oltre la porta della cappella lasciata aperta, l'immagine del Cristo Risorto. Come se già, in quella stessa stanza dove ha voluto che si lasciassero intatti i segni della sua lotta vittoriosa contro gli inutili baccani di Satana, avesse superato i giorni della Passione e della Morte.

Infatti, mentre radio e televisione diffondono le parole del Papa assente alla Via Crucis del Colosseo che si svolge, inaspettatamente, sotto la luce di una splendida luna che imbianca le pietre della Roma pagana, il Papa detta a don Macchi gli appunti per il messaggio pasquale:

«La morte, la grande nemica è sconfitta... La

Resurrezione di Cristo è un fatto di per sé invincibile e impensabile, la sua vittoria scende profonda negli abissi della morte...»

«*Eloì, Eloì, lamà sabachtani.* Dio mio, Dio mio perché mi hai abbandonato?» La voce del Papa scende dagli altoparlanti sulla processione dei fedeli che si snoda, dietro la grande croce, dal Colosseo al Palatino.

«Il Signore ha, in questa sua grande opera redentrice, conseguito anche un'altra vittoria.» Don Macchi fa fatica, nonostante il silenzio della stanza, a intendere le parole che escono appena come un sussurro dalle labbra del Papa riarse dalla febbre. «... Quella sul Demonio, l'essere misterioso e perverso che ha ancora tanto potere da entrare sinistramente nel gioco dei nostri destini.»

È vibrante, invece, la voce che scende dall'altoparlante come un atto di accusa, come un'oscura previsione che spinge gli occupanti la tribuna dei politici a scambiarsi di sottecchi sguardi interrogativi.

«Gesù è schiacciato sotto il peso insopportabile della sorte a lui destinata, quella dell'Agnello di Dio, quella della vittima totale, quella del suo sacrificio.»

«Senza una fede, un popolo non ascende e non vive: quale fede sarà? Questa interrogazione ci riempie di timore per il nostro domani» detta Paolo VI.

«Come ha detto, Santità?» interroga don Macchi, sempre più in difficoltà. «Temo di non avere afferrato le sue ultime parole.»

«Timore per il nostro domani.»

2 aprile. Prima domenica dopo Pasqua.

Paolo VI, dalla finestra del suo studio, recita con i fedeli presenti in piazza San Pietro il Salve Regina.

«*Salve Regina, mater misericordiae, vita, dulcedo et spes nostra...*»

Il Papa ha allargato le braccia e levato le palme delle mani in un gesto largo e liberatorio, come se la preghiera mariana avesse dissolto, con le sue antiche parole di speranza, l'incubo visivo e sonoro che gli si è presentato dinanzi mentre pronunciava il breve discorso che aveva preceduto, nella domenicale cerimonia dell'Angelus, il momento della preghiera.

«Anche noi» aveva detto, «anche noi con trepidazione partecipiamo alla vicenda dolorosa che tiene in sospeso questa amata città di Roma, nostra diocesi, e tutta l'Italia. Già circa venti giorni sono trascorsi da quando fu versato il sangue innocente di cinque militi e l'onorevole Moro fu rapito, e tra questi giorni erano anche quelli pasquali, sacri alla Morte e alla Resurrezione del Signore...»

È allora, che alle sue spalle aveva sentito la voce ben nota che diceva: «Mia carissima Noretta, desidero farti giungere nel giorno di Pasqua, a te e a tutti, gli auguri più fervidi e affettuosi, con tanta tenerezza per la famiglia e il piccolo in particolare...».

Poi anche la figura alta e scura del prigioniero, avviluppata in uno strano pigiama da casa, gli si è visualizzata accanto, in un angolo della finestra. Tra le mani larghe, giallastre, tra le dita dalle unghie, come sempre, poco pulite, si rigira un angolo di carta stagnola sul quale bada a mantenere in equilibrio, perché non rotoli via, un minuscolo globo perlaceo: è l'occhio di pesce che gli ha messo in tasca il nipotino durante l'ultima cena in famiglia.

«... Noi rivolgiamo agli ignoti autori del terrificante disegno...» sta dicendo il Papa.

«... Prego Agnese di farti compagnia la notte...» prosegue la voce, anche se la figura, nell'angolo della finestra, ha la bocca chiusa, le spesse labbra piegate in una lieve smorfia che potrebbe essere un doloroso quanto ironico sorriso.

«... Un appello vivo e pressante per scongiurarli di dare libertà al prigioniero...»

«Ricorda, Santità, che cosa le chiesi quella notte del Venerdì Santo?» Ora a parlare è la figura appoggiata, nell'ombra, allo stipite interno della finestra.

«La mia benedizione» sussurra il Papa. «Chiese la mia benedizione, e io gliela diedi...»

Nel contempo, l'altra voce del Papa scende dagli altoparlanti sulla folla a chiudere l'appello, mentre Paolo VI, ancora debole per la convalescenza, subisce l'impressione di uno sdoppiamento: «... È già troppo alto il prezzo con il sangue... E sono così disumane le sofferenze del rapito, l'angoscia silenziosa dei suoi cari...».

«No. Una promessa. Le chiesi una promessa...» Ora la voce della fantomatica apparizione ha un tono di risentimento quasi minaccioso. «Non del Papa. Il Papa non può fare promesse perché il Papa è la posta tra Dio e Satana. L'infaticabile azione del Demonio non è rivolta contro di me, io sono nulla, soltanto una pedina nel gioco...»

«Noi non disperiamo...» scende dagli altoparlanti la voce del Papa sulla folla assiepata nella piazza.

«... Prigioniero di Dio, come nostro padre e nostra madre furono prigionieri in quell'atroce paradiso terrestre, esibiti in offerta alla tentazione di Satana... No, la famiglia, per la mia famiglia chiesi la promessa dell'amico. Di non dimenticare la mia famiglia, qualunque cosa accada.»

«... Noi preghiamo.» Il Papa allarga le braccia e

le mani verso la folla, che applaude e grida: «Viva il Papa!». Poi si gira e protende le braccia bianche verso l'angolo in ombra tra lo stipite e il muro. Ma l'angolo è vuoto, la figura è scomparsa.

«*Salve Regina, mater misericordiae...*» inizia a recitare il Papa.

L'Angelus domenicale è terminato, il Papa rientra nello studio che non è quello privato, ma quello ufficiale, solennemente addobbato, che dà su piazza San Pietro. Gli vanno incontro, deferenti e premurosi, il segretario don Macchi e padre Cremona. Dunque non è stato un sogno. Ma la promessa, quella promessa, faceva parte del sogno. E che valore ha una promessa fatta in sogno? Ma questo che sta vivendo, non è ancora forse parte di quel sogno? E chi è il Papa? Non è forse sempre Giovanni Battista Montini, quel giovanetto che segue i corsi del seminario diocesano di Brescia e che dall'età di cinque anni aveva cominciato a frequentare il collegio dei gesuiti e che ha sempre mantenuto ogni promessa, specie quelle fatte a se stesso?

Fa cenno a don Macchi: «Mi segua, ho bisogno di lei».

Appartamento privato del Papa. Notte.

Paolo VI è seduto allo scrittoio, sotto la luce verde della lampada da tavolo. Ha già riempito diversi fogli con la sua calligrafia minuta e sottile. Ma uno dopo l'altro li ha stracciati in piccolissimi pezzi cui pazientemente ha dato fuoco in un improvvisato inceneritore. Nella stanza aleggia un inquietante odore di bruciato.

Il volto del Santo Padre è pallido, teso, stanchissimo. Tuttavia, il capo sempre più ripiegato sul piano del tavolo, il Papa si sforza ancora di scrivere, finché la penna gli cade di mano. Un colpo di sonno da cui viene richiamato da colpi battuti alla porta, prima leggeri, poi, poiché il Papa non dà risposta, più pesanti. Il Papa sta ancora sognando di stare camminando lungo il sentiero che costeggia il lago, forse uno di quegli amati laghi lombardi dove si specchiano i monti che si alzano fino ai piedi delle Alpi innevate, quando sente la propria voce invitare colui che bussa ad entrare.

Oltre il cono di luce della lampada la stanza è al buio e il Papa non distingue bene chi è entrato, forse è don Macchi, forse padre Cremona, forse monsignor Agostino Casaroli, segretario del Consiglio per gli Affari pubblici della Chiesa, collaboratori ai quali ha chiesto di fare il giro degli uomini politici per implorare l'intervento del Governo perché tratti per la liberazione di Aldo Moro. Forse è uno di loro che torna, forse reca notizie. Non importa chi sia, forse nessuno di loro.

Il Papa si alza, attraversa la stanza, si avvicina a chi sta sulla porta. È una figura in abito talare perfettamente abbottonato, il colletto rigido che serra il collo, il volto in ombra e lievemente chino sul petto, come in atto di deferenza e di scusa per il disturbo arrecato a quell'ora della notte che il Papa immagina tarda, anche se non sa bene che ora sia.

«Santità, l'onorevole Zaccagnini chiede di parlarle. È di là, nella biblioteca privata, al secondo piano.»

L'accento non è quello schiettamente lombardo di don Macchi né di padre Cremona, ma non importa, il Papa chiede di fargli strada perché sale e anticamere sono al buio e chi lo guida impugna un pesante candelabro a sette braccia che proietta sulle pareti le ombre ingigantite dei due uomini. Ma quando la guida apre la porta della biblioteca privata, la sala è interamente illuminata.

L'onorevole Zaccagnini è in piedi, davanti al grande tavolo vuoto. È un uomo che si avvia con vigore alla vecchiaia, il corpo disarmonico impaccato, nonostante la stagione primaverile, nel consueto cappotto a doppiopetto e larghi risvolti, il volto, che i ritratti giornalistici amano definire "onesto", corrucciato intorno al grande naso, la fronte alta sotto la capigliatura ancora folta e tirata all'indietro sul cranio che si immagina ossuto. Quando parla, non ha perso, nonostante gli anni, l'accento romagnolo. È impossibile immaginarlo medico pediatra come i suoi biografi amano, chissà perché, ricordare.

Paolo VI gli va incontro ma, invece di porgergli la mano con l'anello pontificio, gli indica la poltrona di fronte al tavolo. Egli stesso prende posto a uno dei lati e scruta il visitatore aspettando che esponga lo scopo di quell'imprevisto incontro.

L'ecclesiastico che ha fatto da guida al Papa si è fermato accanto alla porta: regge il candelabro di cui, nonostante la sala sia illuminata, non spegne le candele.

Zaccagnini ha in mano un foglio scritto a mano, che porge al Santo Padre. Il Papa scorre lo scritto e, mentre legge, sente la ben nota voce, quella che già sentì durante l'Angelus, pronunziare alcune frasi della lettera indirizzata a Zaccagnini.

«In allontanamento dai familiari senza addio, la fine solitaria, senza la consolazione di una carezza, del prigioniero politico condannato a morte... Il mio sangue ricadrebbe su di voi... Pensaci, soprattutto tu, Zaccagnini... Sai pure che, se mi togli alla famiglia, l'hai voluto due volte. Questo peso non te lo solleverai di dosso più.»

Il Papa depone la lettera sul tavolo. La voce tace.

«Ebbene, onorevole?»

«Santità, sono venuto a chiedere la sua assoluzione. Confesso le mie colpe e ne provo dolore, sono colpe senza rimedio perché questa vicenda sconvolgente punta a rendere insanabile il conflitto tra il dolore degli affetti e il dolore delle responsabilità, due valori entrambi preziosi. Ma il dolore degli affetti non può sostituirsi al dolore delle responsabilità, neppure quando provoca una sofferenza non difficilmente immaginabile...»

Il Papa ascolta, ma è lontano, presente soltanto con il corpo. Del resto, anche Zaccagnini si è perso nel suo discorso. Si guarda intorno, sembra chiedere un aiuto all'ecclesiastico che, rimasto in piedi sulla porta, alza il candelabro a sette braccia e fa oscillare una, due, tre volte, le fiamme delle candele.

Come a un segnale, Zaccagnini entra in uno

stato di ipnosi. Riprende a parlare. Ma le parole che gli escono di bocca non sono più le sue, sono quelle di Enrico Suso, un mistico del XIV secolo.

«Se la sofferenza non facesse male, non si chiamerebbe sofferenza. Nulla è più doloroso che soffrire, nulla è più gioioso dell'aver sofferto. Soffrire è un breve dolore e una lunga gioia. La sofferenza fa in modo che per chi soffrire è soffrire, soffrire non sia più una sofferenza... Non vi è uomo che non riceva qualche bene dalla sofferenza. La sofferenza allontana le colpe...»

Il Papa alza la mano e traccia nell'aria un segno esorcistico.

L'onorevole Zaccagnini torna di colpo in sé. Non sa più che cosa ha detto.

«Insomma, Santità» dice alzandosi dalla poltrona e piegando un ginocchio a terra, «sono qui a chiederle l'assoluzione per il peccato di omissione.»

«Lei conosce, onorevole, quali siano le condizioni dell'assoluzione. Il dolore dei peccati commessi.»

«Il dolore ce l'ho, Santità.»

«Il proposito di non commetterne più.»

«Questo lo faccio, Santità.»

«La soddisfazione della colpa.»

«Questo non posso, Santità. Le mie responsabilità me lo vietano.»

«Non posso assolverla. Si alzi, onorevole. Anche i poteri del Papa hanno un limite.»

Zaccagnini si alza, il suo volto è tutto una piega di cartapesta. Riprende la lettera dal tavolo, se la infila in tasca, accenna un inchino con il capo e si avvia alla porta guardata dall'ecclesiastico con il candelabro che, mentre l'uomo politico passa, soffia su una candela e la spegne.

Sulla porta, Zaccagnini incrocia Giulio Andreotti che entra senza essere annunciato. I due si scambiano gli sguardi per un istante.

«Ah.»

«Già.»

Uno esce, l'altro entra. L'ecclesiastico con il candelabro resta, come prima, dritto accanto alla porta. Il Papa resta seduto. Non sembra affatto sorpreso della nuova visita. Indica al presidente del Consiglio la poltrona appena lasciata libera dal segretario della Democrazia cristiana.

«Santità, io mi chiedo soltanto: quale sarebbe la reazione dei carabinieri, degli agenti di custodia, se il Governo, alle loro spalle e violando la legge, trattasse con chi ha fatto scempio della legge stessa? E che cosa direbbero le vedove, gli orfani, le madri di coloro che sono caduti nell'adempimento del dovere?»

«Intendo, onorevole. Lei ha già bruciato le navi alle sue spalle. È ormai al di là del Bene e del

Male. E allora il Papa si chiede che cosa, il novello Cortés, è venuto a chiedere al Papa.»

Andreotti sa che è giunto il momento. Solo che, improvvisamente, si accorge di non ricordare quanto aveva deciso di chiedere al Papa. Il suo sguardo, che è corso involontariamente verso la porta da cui è entrato, resta attratto dalle oscillazioni delle fiammelle del candelabro che l'ecclesiastico, sempre ritto accanto allo stipite, agita lievemente. Ciò che al presidente del Consiglio viene in mente, in quell'attimo di vuoto, è solo un passo, del tutto disadatto alla situazione, del *Manifesto del Partito Comunista* di Marx e Engels.

«La borghesia, Santità, ha avuto dalla storia una parte sommamente rivoluzionaria... Ha disciolto la dignità personale nel valore di scambio e al posto delle innumerevoli libertà patentate e onestamente conquistate, ha messo, unica, la libertà di commercio priva di scrupoli. In una parola: ha messo lo sfruttamento aperto, spudorato, diretto e arido al posto dello sfruttamento mascherato d'illusioni religiose e politiche.»

Torna in sé, si riprende, ricorda.

«Il Santo Padre ha fatto per la liberazione di Moro più dell'immaginabile. Il Parlamento italiano è su una linea di fermezza, nella coscienza che, diversamente, si aprirebbero davvero pagine di avventura in un'irrefrenabile spirale di violenza. Ma il Santo Padre non è il Parlamento italiano. Il Santo Padre ha a chi rivolgersi, qualcuno a cui l'Agnello...»

«L'Agnello, onorevole?»

«L'Ostia, la Vittima, Isacco.»

«Isacco?»

«L'Angelo fermò la mano di Giacobbe già armata di coltello. Per obbedienza, per fede.»

Il Papa si alza. Si appoggia al tavolo perché barcolla. Ha riconosciuto il messaggio, ma non sa se sia mandato da Dio o da Satana. Paolo VI è solo e sarà solo. Se Dio tace, dovrà essere il Papa a parlare. L'Ostia, l'Agnello, la Vittima. Come sempre: la Croce.

Paolo VI afferra la croce d'argento che porta appesa sul petto, se la strappa dal collo e la alza con entrambe le mani.

La figura del presidente del Consiglio rimpicciolisce, si raggrinza, svanisce. Era solo un'immagine, una specie di ologramma. Il Papa non sa altro. Non sa se quelle sagome che gli stavano davanti erano state sempre e soltanto delle immagini o quando lo fossero diventate.

Guarda l'ecclesiastico sempre ritto accanto alla porta della sala. Lo ha riconosciuto. È ancora lui, il Regista. Verso di lui il Papa rivolge la sua croce d'argento. Il Regista sorride, spegne con un soffio le sei candele rimaste accese e accenna con il capo un ironico gesto di saluto. Esce. La Rappresentazione è finita.

Camera e studio privato del Papa.

Il Papa è rientrato nello studio personale, al terzo piano del palazzo di San Damaso. Siede allo scrittoio dove la luce è rimasta accesa e, affranto, spaventato, inizia nuovamente a scrivere. È piegato sul foglio, il crocefisso d'argento che si è riappeso al collo tintinna contro il bordo del piccolo tavolo da lavoro.

Sa che deve farlo. Quell'uomo, del quale ha visto l'immagine oscura contro lo stipite della finestra mentre la folla gridava «Viva il Papa!», aspetta ormai soltanto questo. È stato condannato a morte due volte, dagli amici e dai nemici. Il Regista ha condotto bene il dramma. Il Papa non ha scelta. Se Dio non risponde, toccherà a lui rispondere, non più nel nome di Dio, ma nel proprio: Giovanni Battista Montini, Concesio, Brescia, 26 settembre 1897, secondogenito di Giorgio Montini e Giuditta Alghisi.

"Io scrivo a voi, uomini delle Brigate Rosse..." Si ferma. Ha un istante di perplessità. Uomini? È giusto chiamarli uomini? E come, altrimenti? Se è certo che abbiano un'anima, come è certo che l'hanno poiché l'anima non viene da Dio ma nasce dal basso, con il corpo, se è certo che abbiano un'anima, a chiunque l'abbia spetta il nome di uomo. Quanto alla sua immortalità, che ognuno se la guadagni.

Il Papa sorride. Nessuno l'ha mai visto sorridere, se non in rare fotografie familiari.

Riprende a scrivere. Ora la penna procede speditamente sul foglio.

"Io scrivo a voi, uomini delle Brigate Rosse..."

È uno scritto di tre fogli, il primo aperto dallo stemma pontificio, il terzo chiuso dalla firma: "Paulus P.P. VI".

Depone la penna, rilegge quanto ha scritto. Guarda l'ora sul quadrante della vecchia sveglia che tiene sempre accanto a sé, sul tavolo o sul comodino. È un regalo di sua madre nel giorno in cui partì per Varsavia, nel lontano 1923, addetto alla nunziatura apostolica.

È tardi per chiamare don Macchi. Del resto, a quest'ora, le redazioni hanno già chiuso il giornale, i fogli sono già in stampa, tra poco usciranno i furgoni per la consegna alle edicole. Domani, appena farà giorno.

Il Papa è stanco. È incerto se recarsi in cappella per l'ultima preghiera prima di concedersi poche ore di sonno. Sa che dovrebbe farlo: accompagnare la lettera con la preghiera. Ma ne prova ripugnanza. Nell'anima gli scende lo sgomento. Poi, ammaestrato dalla familiarità con la mistica, capisce. È ancora un assalto dell'avversario che tenta l'ultima mossa di quella notte oscura.

Andrà in cappella, pregherà. Che Dio taccia o no, il Papa pregherà.

Si alza. La stanza, appena rischiarata dalla luce verde della lampada da tavolo, è immersa nella penombra. Il letto, l'armadio, le sedie, la poltrona, lo scaffale con i libri da cui non si è mai separato, sono sagome buie.

Sull'altare, in fondo alla cappella ancora aperta, trema, come per una corrente d'aria, la piccola luce rossa del santissimo sacramento.

Sedute ai piedi del letto, due figure, una in abito ecclesiastico e l'altra in abiti civili, guardano il Papa che, girando attorno al tavolino, senza abbandonarne il bordo con la mano, va verso di loro. Non sa da quanto siano lì a osservarlo. Li riconosce, nonostante la penombra che li avvolge.

«Don Sturzo... Onorevole La Pira! Come mai qui?»

«Be', siamo stati chiamati, non è vero don Luigi?» dice La Pira rivolgendosi a don Sturzo con la consueta vivacità.

«Sì, ci hanno chiamati» conferma don Sturzo. «Ci sembrava una cosa seria, invece era soltanto un gioco.»

10 giugno 1981. Audizione di Romano Prodi presso la Commissione Moro.

PRESIDENTE: Debbo richiamare la sua attenzione sul fatto che la Commissione assume le sue dichiarazioni in sede di testimonianza formale e sulle conseguenti responsabilità in cui ella può incorrere, anche in relazione al dovere della Commissione di comunicare all'autorità giudiziaria eventuali dichiarazioni reticenti o false...

ROMANO PRODI: In un giorno di pioggia, in campagna, con bambini e con persone che penso vedrete successivamente, perché sono tutte qui, si faceva il cosiddetto "gioco del piattino"... Uscirono Bolsena, Viterbo e Gradoli...

CORALLO: Non credo molto agli spiriti. Se ci possa essere qualcuno capace di ispirarli... Chi partecipò attivamente al gioco? Voi eravate tanti, però il dito sul piattino chi lo metteva?

ROMANO PRODI: A turno tutti: c'erano cinque bambini, era una cosa buffa. Non crediamo all'atmosfera degli spiriti e all'idea che ci fosse un medium. Io le dico: tutti, anch'io ho messo il dito sul piattino...

LAPENTA: Chi lanciò l'idea di questo gioco?

ROMANO PRODI: All'inizio il padrone di casa, non so...

FLAMIGNI: Chi interpretava le risposte del piattino?

ROMANO PRODI: Un po' tutti. Era semplice, vi erano le lettere, si mettevano in fila e si scrivevano.

FLAMIGNI: Bisognerebbe capire qual era esattamente lo svolgimento del gioco... Quali erano le domande poste.

ROMANO PRODI: Le domande erano: dov'è? Perché? Moro è vivo o morto?... Come si chiama il paese, il posto in cui è? In quale provincia? È nell'acqua o nella terra?

FLAMIGNI: Quali erano le risposte a ognuna di queste domande?

ROMANO PRODI: Vi erano delle lettere su un foglio e il piattino, muovendosi, formava le parole e indicava sì o no.

FLAMIGNI: Che cosa succede: uno mette il dito su questo piattino?

ROMANO PRODI: No, tutti.

FLAMIGNI: A un certo momento parte un impulso per cui il piattino si sposta e va su una lettera?

ROMANO PRODI: Sì.

CORALLO: Di solito, quando il piattino comincia a muoversi, la domanda che si fa è: chi è l'interlocutore, lo spirito con il quale ci si intrattiene?

ROMANO PRODI: Alla fine è accaduto anche questo, ma all'inizio no. C'è stato chi ha detto: interroghiamo don Sturzo, La Pira, ma le risposte, in un primo momento, erano soltanto sì o no.

CORALLO: L'interlocutore era dunque ignoto.

ROMANO PRODI: All'inizio sì, poi vi furono anche interlocutori vari tra i quali, per quel che mi ricordo, don Sturzo...

Camera e studio privato del Papa. Notte.

Don Sturzo e La Pira sono ancora seduti ai piedi del letto. Mentre parlano, le loro immagini a poco a poco si affievoliscono. Hanno entrambi, sul volto, un'aria delusa, decisamente seccata, specie La Pira.

«Pensavamo che tutti quei signori volessero davvero darsi da fare. Invece è stata solo una farsa. Comunque, prima di tornarcene da dove siamo venuti, siamo passati da te. Non possiamo dirti granché, non ci è permesso, se non che devi cavartela da solo. Nessuno ti darà una mano, né dall'alto né dal basso, non so se capisci.»

«Vedi, Montini» interviene con più tatto Sturzo, «la DC non è più quella dei miei tempi, te ne sarai accorto anche tu. E lassù, dove siamo noi, anche se ci tocca un posto un po' marginale per via del nostro passato politico che non è un buon biglietto d'ingresso, nessuno ha più voglia di immischiarsi, come avveniva nel tempo antico, quello biblico per intenderci, delle beghe di potere, di conquista, tanto meno di politica degli uomini. A questo pensa Satana. Ha via libera, guardati da lui. Fossi in te, mi terrei anch'io al nuovo corso. Starei zitto.»

«Stanotte ho scritto una lettera. Un appello per la sua liberazione.»

La Pira si agita: «Macché. Non succederà proprio niente. Né da una parte né dall'altra. Ma tu fa' come vuoi. Comunque, un avviso, se permetti: nella tua lettera c'è un errore».

«Un errore?»

«Rileggila. Ma adesso sei stanco, e anche per noi si è fatto tardi. Addio, Montini, a presto.»

Le due figure svaniscono, la stanza è deserta.

Un errore? Quale errore? Paolo VI è inquieto, stranito. Guarda la lucina rossa che tremola, in fondo alla cappella. No, non ce la farà a raggiungerla. Si stende sul letto, diritto, rigido, i piedi riuniti, le braccia incrociate sul petto, sopra la croce d'argento. Sente i battiti della sveglia. Vede il volto di sua madre: è giovane, è orgogliosa del figlio anche se va lontano. Poi il Papa si addormenta.

Stessa stanza. Prime ore del mattino del giorno dopo.

Don Macchi legge la lettera.

«Santità, c'è un errore.»

Dunque è vero, don Sturzo e La Pira erano davvero lì stanotte, lo avevano avvertito.

«Un errore?»

«Sì, Santità. Soltanto un piccolo errore di grafia.»

«Tutto qui?... Eppure... Niente altro?»

«No, Santità.»

Paolo VI è perplesso. Possibile che don Sturzo e La Pira si siano presi il disturbo di avvertirlo di una semplice banalità?

Rilegge alcuni passaggi della lettera. Ogni parola può essere un errore.

«La ricopierò.»

Il Papa si rimette al tavolino della notte e ricopia la lettera, mentre don Macchi lascia la stanza, forse per andare a organizzarne la diffusione a mezzo stampa.

Rientra quasi subito.

«Santità, c'è qualcuno che si offre come messaggero. È una donna.»

Come è possibile che sappia? Tutto è possibile. Paolo VI sa di essere vittima di un incubo diabolico dove la ragione non ha più alcun posto.

«Quella persona insiste perché sia sua Santità stessa a consegnarle la lettera. È una condizione che si rifiuta di discutere.»

Condizione. "Senza condizioni." Dove ha letto o sentito questa frase? Ma certo, l'ha scritta lui stesso nella lettera. Il pensiero, il dubbio, viene interrotto dalla voce di don Macchi.

«Sua Santità accetta d'incontrarla?»

Il Papa fa un cenno con il capo. Accetta d'incontrare quella donna, il messaggero dei carcerieri di Moro. Non ha più nulla da perdere. Se non la Fede. La Fede: il Catechismo cosa dice che sia la Fede? "La Fede è dono gratuito di Dio, accessibile a quanti la chiedono con umiltà."

«Dove?»

«Tomba di Pio VII, primo confessionale a destra. A quest'ora la basilica è ancora chiusa.»

Basilica vaticana.

Al confessionale indicato, una donna è inginocchiata, protetta dalla pesante anta a voluta che copre i penitenti. Sporge solo il bordo dei calzoni, forse dei jeans, e un paio di scarpe da ginnastica.

Il Papa fa cenno a don Macchi di non seguirlo. Attraversa la navata, entra nel confessionale. Tira la tendina viola che nasconde il confessore. Apre lo sportello sulla grata in cui i fori disegnano un crocefisso.

«Ha la lettera?» chiede la donna. Il suo fiato, dai fori della grata, raggiunge il Papa che tiene il volto serrato tra le palme delle mani, è acido di psicofarmaci. «Voglio dirle il mio nome.»

«No» dice il Papa, senza rivolgersi alla grata, «non lo faccia, non deve.»

«È per me» dice la voce, «è per quando farò ciò che devo fare. Il mio nome è Simonetta. Sono omosessuale, non riesco più ad abbracciare un uomo senza sentire odore di morte.»

Il Papa resta immobile, evita ancora di guardare il volto della donna attraverso la grata. «Questa non è una confessione» dice. Sente più acuto giungergli l'acido di quel fiato. Forse la donna ha riso in silenzio.

«Perdo facilmente sangue dal naso e sono soggetta a crisi di panico» dice, «l'epistassi è stata la mia compagna abituale nella clandestinità, come una prova generale di quello che avrebbe potuto succedere se avessi versato il mio sangue invece di quello degli altri. Per questo non ho partecipato al sequestro. Ma lo vedo ogni giorno dalla specola nella libreria. Lui è là dentro, sdraiato sul letto, un braccio sugli occhi, alle spalle ha la bandiera delle BR. Mi sono offerta per portare la lettera.»

Il Papa non chiede chi li abbia informati. Sa che è inutile, nell'incubo che continua.

«La lasci sul bordo del confessionale quando ne uscirà e vada via senza voltarsi indietro. Mancano tre minuti alle otto, l'ora in cui apriranno la basilica. Ma prima voglio raccontarle il mio sogno, è sempre lo stesso: sono in un tunnel, o in una caverna, avvolta nel buio, preda di una forte sensazione di soffocamento, mi sembra impossibile trovare una via di uscita dall'oscurità. Di questo sogno, sempre identico, ho compreso il significato. Mi segnala che devo salvare qualcosa per me, per la mia vita, che sono alla fine del tunnel.»

Mette una mano aperta sulla grata, per fare capire che non parlerà più. Si sente il rumore dei portali della basilica che vengono aperti. Il Papa esce dal confessionale e, senza uno sguardo alla donna ancora inginocchiata, va verso il fondo della basilica dove lo attende don Macchi. Ha lasciato la busta sul bordo del confessionale.

8 maggio 1978. Palazzi vaticani e appartamento del Papa.

C'è animazione negli appartamenti e negli uffici vaticani.

In questa atmosfera di inconsueta vivacità e quasi di vigilia di festa, il Papa ha indossato il cilicio, come è uso fare nelle grandi solennità e nelle cerimonie pubbliche.

Ha chiesto a don Macchi di lasciare libero, per quanto possibile, l'apparecchio telefonico della segreteria privata.

Si è chiuso in cappella e non ne esce neppure quando sente qualcuno che sta mettendo a soqquadro la camera mentre, come trasmessa da un altoparlante, risuona la voce angosciata di Aldo Moro.

Paolo VI non prega, non sa più pregare. È immerso nell'esercizio di ripetere a memoria le parole di Ignazio di Loyola.

È giorno fatto, perché dalla vetrata della Resurrezione piove la luce.

«... Sono in gioco la vita di un uomo e della sua famiglia... Si continua in degradanti conciliaboli che significano paura della verità, paura di firmare con il proprio nome una condanna a morte...»

Chiamo desolazione l'oscurità dell'anima, il turbamento; poi l'inquietudine di varie agitazioni... Quando l'anima è sfiduciata, senza speranza, senza amore. Quando si trova pigra, tiepida, triste, come separata dal suo Creatore e Signore...

«... I gravissimi problemi della mia famiglia sono la ragione fondamentale della mia lotta contro la morte. In tanti anni e in tante vicende i desideri sono caduti e lo spirito si è purificato...»

In tempo di desolazione non si deve mai fare mutamento, ma rimanere fermi e costanti nei propositi e nelle determinazioni in cui si stava nel giorno precedente a quella desolazione...

«... Muoio, se così deciderà il mio partito, nella pienezza della mia fede cristiana e nell'amore immenso per una famiglia esemplare che io adoro e spero di vigilare dall'alto dei cieli...»

Giova molto nella desolazione estendersi in qualcuno dei modi convenienti di fare penitenza...

«... Non desidero intorno a me gli uomini del potere. Voglio vicino a me coloro che mi hanno amato davvero, e continueranno ad amarmi e a pregare per me. Se tutto questo è deciso, sia fatta la volontà di Dio...»

Colui che si trova nella desolazione consideri come il Signore lo abbia lasciato, per prova, alle sue potenze naturali, perché resista alle varie agitazioni e tentazioni del Nemico.

Nella camera del Papa, improvvisamente, tutto tace.

Bussano alla porta della cappella. È don Macchi. Il Papa si affaccia sulla porta. La camera, come ne era certo, è in apparenza perfettamente in ordine. Usciranno più tardi, come sempre, i segni della profanazione.

«C'è qualcosa di nuovo?» chiede.

«Santità, hanno rinvenuto un cadavere nelle acque gelate di un lago, su indicazione di una telefonata anonima. È il corpo di una donna.»

«Lei crede che...»

«È stata identificata. I dati anagrafici trasmessi dalla telefonata anonima corrispondono a quelli di una presunta collaboratrice delle BR.»

Il Papa china il capo. Soltanto ora ritrova le parole di una preghiera. È quella che ripone la fiducia in un'altra donna: «Ave Maria... Adesso e nell'ora della nostra morte».

Il Papa sa che la morte di Simonetta, qualunque sia la causa, esecuzione o suicidio, è l'annuncio del fallimento.

Nessuno, in seguito, parlerà più di quel cadavere.

9 maggio 1978. Prime ore del mattino. Interno di una casa borghese.

Squilla il telefono.

«Pronto?»

«Dovrebbe portare un'ultima ambasciata alla famiglia.»

«Voglio sapere chi parla.»

«Brigate Rosse. Ha capito?»

«Sì.»

«Dovrebbe dire questa cosa alla famiglia: adempiamo alle ultime volontà del presidente, comunicando alla famiglia dove potrà trovare il corpo dell'onorevole Aldo Moro... Troveranno il corpo in via Caetani, che è la seconda traversa a destra di via delle Botteghe Oscure... Lì c'è una Renault 4 rossa. I primi numeri di targa sono N 5.»

«N 5? Devo telefonare io...»

Chi risponde è preso dal pianto.

«No, deve andare personalmente... Verrebbe meno all'adempimento delle richieste che ci aveva fatto espressamente il presidente, di comunicare alla famiglia, perché la famiglia doveva riavere il suo corpo.»

PARTE III

Adesso viene la notte

Mercoledì 10 maggio 1978. Appartamento del Papa.

La sveglia squilla con il consueto suono affabile, familiare. Il Papa non ricorda di averne caricato la suoneria la sera prima. Non ricorda neppure di avere spostato quel vecchio ricordo di sua madre dal tavolino da lavoro al comodino dove sta ancora aperto il secondo volume dei *Fratelli Karamazov*. È l'ultima pagina del capitolo indicato sulla testatina come "Il diavolo. Incubo di Ivan Fëdorovič": "... Non era un sogno, questo! No, lo giuro, non era un sogno" esclama il tormentato personaggio di Dostoevskij. "Sono tutte cose accadute, appena un istante fa."

Come Ivan, anche Paolo VI si porta alla finestra e ne spalanca le imposte. Il cortile di San Damaso è deserto. È ancora notte, anche se un lieve chiarore sopra i palazzi vaticani annuncia che l'alba è vicina.

Paolo VI lascia la stanza. Sente il bisogno di assistere alla nascita di quella nuova luce.

Nell'anticamera, abbandonati su due scomode sedie, trattenuti dai rigidi schienali a braccioli, due giovani famigli dormono.

Perché è stata messa quella inconsueta guardia del corpo?

Allora ricorda: "Ed alzatosi dalla preghiera e venendo ai suoi discepoli, li trovò addormentati per la tristezza".

Il calice non è stato allontanato dal Padre.

Sale sulla terrazza. Tutto è silenzio. Solo pochi colombi, risvegliati, frullano via. La cupola di San Pietro si va lentamente illuminando di fronte alla città di Roma ancora immersa nell'ombra.

Quel silenzio non è riempito né dalla presenza di Dio né da quella di Satana.

Il Papa è solo. Può piangere. «*Eloì, Eloì, lamà sabachthani*» sussurra coprendosi il volto tra le mani.

Sabato 13 maggio 1978. Basilica di San Giovanni in Laterano.

Le colossali statue degli apostoli sovrastano, dalle edicole che si aprono contro i pilastri della navata centrale, la folla presente al rito del suffragio.

Celebra il cardinale Poletti, dopo il rifiuto del Papa a celebrare in assenza della salma. Per volontà della famiglia, il corpo di Aldo Moro giace già da due giorni nel cimitero di Torrita Tiberina.

Nelle prime file del transetto, si allineano le schiere nere degli uomini di partito e di Governo.

Assenti la moglie e i figli di Moro, la famiglia è rappresentata dal fratello e dalla sorella dello statista.

Sulle facce dei presenti è più evidente l'imbarazzo per l'assenza del cadavere che il dolore. Sono passati quattro giorni dalla morte e il suffragio non può già essere soltanto memoria. Quelli che vengono celebrati sono i funerali senza corpo di un intero Paese.

L'assenza, infatti, è la protagonista della celebrazione. Il Papa assiste, ma solo il suo corpo è presente, in quella esposizione di maschere. Nella mente di Paolo VI risuona il lamento del coro in un'altra *Cattedrale*, per un altro assassinio:

La terra è sozza, l'acqua è sozza... Posso ancora guardare il giorno e le sue cose solite, e vederle tutte imbrattate di sangue, attraverso una cortina di sangue che cade?

«Signore, ascoltaci!»

La voce del Papa si alza ferma verso il Signore dell'Assenza e del Silenzio.

«Signore ascoltaci!

«Chi può ascoltare il nostro lamento, se non ancora Tu, o Dio della Vita e della Morte? Tu non hai esaudito la nostra supplica per l'incolumità di Aldo Moro, di questo uomo buono, mite, saggio, innocente e amico.»

I volti dei politici, dell'officiante, degli ecclesiastici hanno un moto di riflusso. Può il Papa rivolgersi a Dio con quelle parole, nella cattedrale della città di Roma, centro della cristianità? Quale lotta nascondono quelle parole?

La voce del Papa si abbassa, si fa cupa, quasi contenesse un'affermazione inoppugnabile come una minaccia: «Ma Tu, o Signore, non hai abbandonato il suo spirito immortale, segnato dalla fede nel Cristo, che è la Resurrezione e la vita. Per lui, per lui».

7 agosto 1978. Pontificia Università Lateranense.

Due attempati signori, dal distinto aspetto di studiosi, passeggiano in solitudine, dato il periodo estivo, tra gli scaffali e gli archivi della prestigiosa biblioteca dove non c'è tema laico o religioso che non sia stato studiato e archiviato.

«Se ci fosse stato qualcuno a puntare sulla nostra scommessa, avrebbe detto che avresti vinto tu. Invece no. Ho vinto io. La nostra scommessa non si è chiusa con il rito del 13 maggio in quella basilica che sta lassù, sopra la nostra testa, ma la sera del 6 agosto, quando il mio campione ha terminato la sua corsa dopo avere sostenuto una buona battaglia. Ha superato la prova e ha vinto.»

«Questo è tutto da vedere. È stato un trucco piuttosto basso da parte tua permettere che quell'uomo sopravvivesse poco meno di tre mesi al giorno in cui pubblicamente rinfacciò il tuo silenzio sull'intera faccenda. Una Rappresentazione un po' cruenta che però, devi ammetterlo, mi è riuscita perfettamente.»

«No, la Rappresentazione, come tu la chiami nel tuo linguaggio blasfemo, non si è chiusa quel giorno, in quella basilica là sopra, come tu dici. Egli ti ha combattuto e vinto, ha vanificato la tua Rappresentazione con la sua stessa vita, nella conferma della sua Fede. *Nonostante*. La Fede è sempre *nonostante*.»

«Nonostante te?»

«Nonostante me.»

«Eppure l'altra sera eravamo presenti entrambi, anche se assai defilati dietro tutte quelle suore, dietro quelle tonache, nel momento del suo trapasso a Castel Gandolfo. Ricordi? Suonò la sveglia, la vecchia sveglia di sua madre, quella che teneva sempre accanto a sé sul comodino. Era l'ora del tramonto. Perché quella sveglia suonò a un'ora tanto insolita?»

«Era il richiamo materno, come le madri chiamano i loro bambini alla fine della giornata. È l'ora, vieni, torna a casa.»

«E quella sua ultima frase? L'hai sentita anche tu. Furono in molti a sentirla e a non comprenderne il significato.»

«*Adesso viene la notte.* Così disse. Si cala il sipario. Fine della Rappresentazione. La tua funzione di Regista è finita. Sì, viene la notte e, con la notte, il passaggio alla luce del nuovo giorno.

Non l'hai inventata tu la Morte, ma io. La Morte è mia. Ho vinto. Egli è morto nella mia Fede.»

«Non credi, piuttosto, che sia morto per la tua Fede?»

«Può darsi. In molti sono morti per la mia Fede. Provvede poi la mia Chiesa a farli santi.»

Adesso viene la notte nasce, su un suggerimento di Gianfranco Calligarich, come idea per il teatro, poi mai realizzata.

Oltre alla specifica bibliografia e ai documenti tratti da internet, il testo è debitore, per alcuni dialoghi e considerazioni, ai seguenti autori e testi: Barbara Balzerani, *Compagna luna* (Feltrinelli); Anna Laura Braghetti – Paola Tavella, *Il prigioniero* (Mondadori); Jean Guitton, *Dialoghi con Paolo VI* e *Paolo VI segreto* (Edizioni San Paolo); Paul Lesourd – Jean-Marie Benjamin, *Paul VI* (Editions France-Empire); Sergio Quinzio, *La sconfitta di Dio* (Adelphi) e *Silenzio di Dio* (Mondadori); Margarethe von Trotta, *Lucida follia* (Ubulibri).